GABRIELE D'ANNUNZIO

La Torche sous le boisseau

PIÈCE EN QUATRE ACTES

Traduite de l'italien par ANDRÉ DODERET

(Texte conforme à la représentation de la Comédie-Française.)

GABRIELE D'ANNUNZIO.

La Torche sous le boisseau *a été représentée, pour la première fois, le 7 décembre 1927, sur la scène de la Comédie-Française.*

PERSONNAGES

Tibaldo de Sangro	MM. Léon Bernard.
Bertrando Acciozamòra	Jean Hervé.
L'Homme aux serpents	Denis d'Inès.
Simonetto de Sangro	Mme Berthe Bovy.
Donna Aldegrina	Mmes Segond-Weber.
Gigliola de Sangro	Marie Ventura.
Angizia	Mary Marquet.
Annabella, nourrice de Gigliola	Emilienne Dux.
Benedetta, nourrice de Simonetto	Tonia Navar.

Les manœuvres.

Dans les Abruzzes, sur le territoire d'Anversa, près des gorges du Sagittaire, la veille de la Pentecôte, au temps du roi bourbon Ferdinand Ier. (Environ 1820.)

N° 363. — THÉATRE : n° 196. 31 DÉCEMBRE 1927.

LA PETITE ILLUSTRATION

Revue hebdomadaire
publiant les pièces nouvelles jouées dans les théâtres de Paris, des romans inédits, des poèmes, des critiques littéraires et dramatiques et des études cinématographiques.

1680 COMÉDIE-FRANÇAISE 1927

MERCREDI 7 DÉCEMBRE 1927

SOIRÉE

Les Bureaux ouvriront à 7 h. 3/4 — On commencera à 8 h. 1/2

Première Représentation

LA TORCHE
SOUS
LE BOISSEAU

Pièce en QUATRE actes

MM. Léon BERNARD, *Tibaldo de Sangro* — Denis d'INÈS, *l'Homme aux Serpents*
Jean HERVÉ, *Bertrando Acclozamora*
Mmes SEGOND-WEBER, *Donna Aldegrina* — Emilienne DUX, *Annabella*
Berthe BOVY, *Simonetta de Sangro* — Marie VENTURA, *Gigliola*
Marie MARQUET, *Angizia Fura (la Femme veuve de Luco)* — Tonia NAVAR, *Benedetta*

JEUDI 8 Décembre, en Matinée à 1 h. 3/4 [illegible]
L'Ecole des Maris — Le Soldat de Plomb et la Danseuse de Papier — La Vieille Maman
JEUDI 8 Décembre, en Soirée à 8 heures (Abonnement Série B), Ruy Blas (Nouvelle Présentation)
VENDREDI 9 Décembre, en Soirée à 8 h. 3/4 [illegible], La Torche sous le Boisseau
SAMEDI 10 Décembre, en Matinée à 2 h. 1/2, Cinquième Matinée Poétique
SAMEDI 10 Décembre, en Soirée à 8 h. 1/4, Lorenzaccio
DIMANCHE 11 Décembre, en Matinée à 1 h. 3/4, Les Affranchis — La Vieille Maman
DIMANCHE 11 Décembre, en Soirée à 8 h. 3/4, La Torche sous le Boisseau

PRIX DES PLACES :

Avant-Scènes des Premières Loges, la place, 24 fr. 75 - [illegible]

Location de 11 heures du matin à 6 heures du soir — Téléphone : Gutenberg 02-22 [illegible]

Aucun numéro de La Petite Illustration *ne doit être vendu sans le numéro de* L'Illustration *portant la même date.*

ABONNEMENT ANNUEL

A partir du 1er janvier 1928
L'Illustration et *La Petite Illustration* réunies : France et Colonies, 175 francs.
Étranger, tarifs énoncés en monnaies nationales ou usuelles et basés sur l'affranchissement variant suivant les pays destinataires : consulter la page 2 de la couverture de *L'Illustration*.

13, RUE SAINT-GEORGES, PARIS (9e)

Angizia. Gigliola. Tibaldo.

Angizia : « — *Tes genoux tremblent... tu vas t'évanouir.* » — ACTE PREMIER, Scène VI, page 13.

Donna Aldegrina. Tibaldo. Angizia.

Donna Aldegrina : « — *Non, Tibaldo.* » — ACTE II, Scène V, page 19.

Décor de Dethomas. — Photographies de Gilbert-René.

La Torche sous le boisseau

ACTE PREMIER

Une salle très vaste dans l'antique maison des Sangro, construite sur le dos inégal de la montagne.

Sur la robustesse de la primitive ossature normande, tous les âges ont superposé leurs témoignages de pierre et de brique, depuis le règne des Angevins jusqu'au règne des Bourbons.

Autour, court une galerie, riche en sculptures, au-dessus d'arcades profondes dont quelques-unes sont encore ouvertes ; d'autres sont bouchées, d'autres sont soutenues par des étais. Des trois qui sont en face, celle du milieu enfonce sa voûte vers le jardin qui resplendit, au delà d'une grille de fer, avec ses cyprès, ses statues, ses viviers ; celle de droite conduit à un escalier qui monte et se perd dans l'ombre ; celle de gauche, dont les deux côtés s'ornent d'un mausolée, s'arrondit sur la porte de la chapelle seigneuriale qui, à travers les jours d'une rosace, laisse passer la lueur de ses lampes votives.

A droite, les arcs, plus légers, supportés par des piliers isolés, s'ouvrent sur une petite loggia de la Renaissance à laquelle aboutit une volée de l'escalier qui descend dans la cour.

A gauche, dans un arc muré, est pratiquée une petite porte ; et près de là des armoires et des bibliothèques sont bourrées de rouleaux et de liasses. Des monceaux de vieux parchemins encombrent aussi le dallage déjoint, surchargeant une table massive autour de laquelle sont des fauteuils et des chaises. Des bustes illustres sur de hautes consoles, de grandes torchères en fer forgé, des coffres sculptés, une chaise à porteurs peinte, quelques fragments de marbre complètent l'ameublement.

Une fontaine d'un travail délicat, dominée par une statuette de femme, élève au milieu de la salle sa conque vide.

Et tout est vieux, consumé, rongé, fendu, couvert de poussière, condamné à périr.

Scène première

DONNA ALDEGRINA est assise près de la table, attentive à consulter les parchemins des archives. BENEDETTA tord son fuseau. ANNABELLA fait tourner son rouet. Le soleil de l'après-midi entre par la loggia.

DONNA ALDEGRINA

Annabella, Annabella,
ne sens-tu point comme tremblent les murs?
Quel est ce fracas?
La maison croule?

ANNABELLA

C'est Probo de Gonnāri
qui met le feu à la mine,
qui brise les rocs avec les mines dans la montagne.

DONNA ALDEGRINA

Il ébranle
de fond en comble la maison. Il va me la démolir!
Benedetta, ne vois-tu pas que s'élargit
la fente, là, dans la travée?
Et l'on n'a pas encore mis la clé!
Ce maître Domenico di Pace
ne viendra donc jamais?
Veut-il notre mort?

BENEDETTA

Il travaille du côté des galeries,
ô Maîtresse, avec vingt manœuvres,
à mettre des étais, des crampons et des barres ;
et il dit qu'il devra travailler
encore cette nuit à la lueur des torches ;
car ce côté-là n'est que lézardes
et crevasses, et l'on a peur à le voir
pencher.

ANNABELLA

Ce matin
a roulé enfin de sa niche,
la Reine Jeanne ; et le roi Robert
chancelle, Maîtresse.

BENEDETTA

Et l'aigle est tombée du sépulcre
de l'évêque Bérard.

ANNABELLA

Et la fontaine de Joyzelle
s'est tue, elle aussi. Tout est bouché
par le tartre : les trois cannelles sont sèches.

Elle se lève. Elle va soulever le disque de pierre dans le dallage. Elle essaie de donner l'eau.

La clé vire et volte dans la prise,
l'eau ne passe plus!

Elle laisse retomber le disque. Elle regarde la fontaine.

Une cannelle seule
donne encor par instant une goutte.
C'est dommage! Elle nous tenait compagnie...

BENEDETTA

Le plafond menace ruine dans la chambre
de la comtesse Loretella...
Les poutrelles et les tuiles sont tombées

sur le carrelage; et il a plu : une averse
d'eau, un orage de grêle; et à présent
les hirondelles voltigent par l'ouverture...
O Maîtresse, à quoi penses-tu?

DONNA ALDEGRINA

Où peut être Gigliola?
C'est la veille de la Pentecôte,
aujourd'hui.

ANNABELLA

Il y a un an aujourd'hui.

BENEDETTA

Ce soir.

ANNABELLA

Elle ne voulut point
que fût dite la messe de *Requiem* ce matin.
Elle veut qu'on la dise après la Pentecôte.
Qui sait pourquoi!

DONNA ALDEGRINA

Où peut être Gigliola?

BENEDETTA

Dans le jardin, pour la couronne.

ANNABELLA

O maîtresse,
ton jardin est devenu tout sauvage
et triste comme le champ de personne.
Les paons à leur tour l'ont abandonné.

DONNA ALDEGRINA

Où peut être Gigliola et son cœur?

ANNABELLA

Elle va par la maison, par les cent pièces,
elle va comme hier alla, comme ira toujours,
avec son cœur qui tant lui pèse.
Tant lui pèse qu'elle s'en est courbée.
Et elle n'a point de paix, et jamais ne se fatigue ;
Et elle cherche, cherche, cherche et jamais ne trouve...
Ah! cette maison, qui donc la bâtit
si grande! Et pourquoi tant de portes?
Combien de malheurs voulut-il héberger?

On entend des voix qui peinent, lointaines et confuses. On distingue la cadence qui accompagne l'effort.

BENEDETTA

C'est la voix des manœuvres.

DONNA ALDEGRINA

Annabella! Annabella!
entends-tu cette rumeur profonde?
Quelque chose s'écroule
quelque part, là-bas... Cours, va voir.

ANNABELLA

Non, maîtresse, ne crains rien. C'est le torrent
qui mugit, c'est le Sagittaire qui se gonfle
dans les gorges. Les neiges fondent
sur les montagnes, sur la Terrata, sur l'Argatone;
et le Sagittaire devient aussitôt furieux.

Tandis que parle Annabella, l'ombre d'un homme apparaît contre la grille, au fond de l'arcade du milieu. Elle apparaît et disparaît.

BENEDETTA

L'homme, l'homme! Je l'ai vu
derrière la grille, qui épiait...

DONNA ALDEGRINA

Quel homme? Qui est-ce?

Annabella court à la grille et guette.

BENEDETTA

Il était posté là. Et tout de suite
il s'est retiré. Il sera passé
par la brèche du mur,
là, derrière la fontaine
de Guenièvre, sans doute : l'as-tu aperçu,
Annabella?

DONNA ALDEGRINA

Mais quel homme?

BENEDETTA

Depuis hier soir
un homme tourne autour
de la maison. C'est un charmeur de serpents ;
il porte des sacs en peau de chèvre
aux épaules, à la ceinture ; il a sa flûte
en os pour le charme.
Maîtresse, n'as-tu pas entendu,
hier soir, cet appel
qu'il faisait avec sa flûte,
de moment en moment, sous les fenêtres?

ANNABELLA

Je l'ai entrevu ; il s'est jeté à terre
et s'est coulé sous les buis, là-bas,
vers le vivier.

DONNA ALDEGRINA

Et pourquoi vient-il? Il a faim,
peut-être. Il veut faire danser des serpents
devant nous. Dites-le à Simonetto ;
que ce jeu au moins le récrée.

BENEDETTA

Ce n'est pas pour cela qu'il est ici, maîtresse.
Il a déjà parlé ; il a questionné. Il cherche
la femme... qui nous vint de Luco.

DONNA ALDEGRINA

Angizia?

BENEDETTA

Il vient de la forêt
des Marses.

DONNA ALDEGRINA

Eh bien?

BENEDETTA

Il dit qu'il est son parent.
C'est peut-être son père. Certes, il lui ressemble.
Il a les mêmes yeux.

DONNA ALDEGRINA

Ah! mon fils dément!

ANNABELLA, de la loggia.

Maîtresse, don Tibaldo est dans la cour
avec son demi-frère. Et don Bertrando paraît
s'irriter. Ils discutent âprement.

Scène II

GIGLIOLA, descendant l'escalier, sort de l'ombre de la voûte, vêtue de deuil ; elle paraît poursuivre éperdument quelqu'un qui la fuit, pâle, haletante, avec des yeux hallucinés. Elle s'arrête et vacille. Elle a la voix brisée.

GIGLIOLA

Grand'mère, tu es là? c'est toi?

DONNA ALDEGRINA

Gigliola!

GIGLIOLA

Tu es là, nourrice? Annabella! Benedetta!

DONNA ALDEGRINA

Qu'as-tu? Où courais-tu?

ANNABELLA

Pourquoi trembles-tu?

BENEDETTA

Qui t'a épouvantée?

GIGLIOLA

Grand'mère, grand'mère!
Ne l'as-tu pas vue? Dis-moi!

DONNA ALDEGRINA

Qui, mon cœur? Qui?

GIGLIOLA

Elle n'était pas devant moi?
Elle n'est point passée?

DONNA ALDEGRINA

Qui?

ANNABELLA, *à voix basse.*

Ne demande pas,
Maîtresse. Tu le sais. Ne demande pas!
Regarde ses yeux.

GIGLIOLA, *dominant soudain son angoisse, tandis que la vision s'éteint entre ses cils.*

Je suis folle. Voilà
ce que tu veux dire, nourrice?
J'ai la folie dans les yeux.
Elle me l'a donnée par contagion,
cette pauvre tante Giovanna, peut-être,
qui, là-haut, hurle dans sa prison.
Encore un jour, un jour seul, et puis...
Grand'mère, demain c'est le jour de la Pentecôte.
Cette nuit, c'est la fête
des langues de feu.
Si l'Esprit vient aussi sur moi,
moi qui toujours me suis tue, je parlerai.

Elle s'assoit près de la fontaine.

DONNA ALDEGRINA

Ne te fais pas souffrir. Ne dévore pas
ainsi ton âme.
Tu es jeune. Pense à une maison nouvelle,
pense au nid dans lequel un jour
tu recommenceras ta chanson
avec ta gorge fraîche.

GIGLIOLA

Oh! que dis-tu? que dis-tu? Le mot
le plus cruel! L'horreur
sur les lèvres les plus chères. Où je souffre
tu m'as touchée. Et tu le sais.
N'ai-je pas là, dans la gorge,
moi aussi, l'ecchymose
et l'enflure et la plaie
et la sécheresse toujours?
Je ne porte pas les stigmates du Christ,
les signes de la Passion sainte.
Mais je porte les stigmates
de cette chair qui m'enfanta.
Et je saigne et je brûle.
Mon silence ne m'a point guérie.
Il y a un an aujourd'hui que ma mère tomba
dans l'horrible traquenard, qu'elle fut attirée
dans le piège imprévu, qu'elle fut la proie
de l'astuce sauvage
dans l'instrument de mort... Ah! voici le jour!
Aujourd'hui je parlerai, si le doute est vérité.

Elle se relève, agitée.

DONNA ALDEGRINA

O Gigliola! mon cœur, la tendresse
et l'épine de mon cœur désolé, ô Gigliola,
ô toi petite toujours!
au nom de mes cheveux blancs,
ne me fais plus peur,
ne me tourmente plus ainsi! Tout à coup
tu t'enflammes. Tu m'apparais embrasée
par ta fièvre secrète, agitée
par ton rêve furieux ;
et ton visage n'est plus le même,
et ta voix n'est plus la même.
Et plus rien de ce qui fut en toi la grâce
de la première fleur et fut mon pain si doux
parmi tant d'amertume, plus rien ne reste.
Et je ne sais plus si tu es celle
qui appuyait sa joue contre ces pauvres
genoux et qui écoutait,
sans battre les cils,
ma longue légende.

GIGLIOLA

Je t'ai fait de la peine. Qu'ai-je dit? Rien.
Ma tête se vide; parfois, je ne sais.
Tout va, tout passe, l'ombre est là, et personne
ne doit la regarder. Les jours
sont égaux, et l'on vit.
C'est vrai. L'on peut vivre
en paix et recevoir la joie
d'un fil d'herbe qui tremble
sur l'appui, au souffle
qui vient l'on ne sait d'où, l'on ne sait d'où!
L'on peut vivre en paix et recevoir la joie
de la plume qui tombe,
du vol d'une hirondelle...

DONNA ALDEGRINA

O pourquoi, si tu es douce,
me fais-tu plus de peine? Tu as les yeux secs; et il semble
que chacune de tes paroles traverse un océan
de pleurs, avant d'arriver à moi.
Assieds-toi.

GIGLIOLA

Oui, je m'assois. Je suis
en paix. J'appuierai la joue contre tes genoux,
comme jadis. On ne doit pas
souffrir. Et quand viendra
mon père, je ne le regarderai point. Et quand
viendra la femme de mon père, alors
je me lèverai comme devant ma maîtresse
légitime. O grand'mère,
oui, je le sais ; pour chacun
vient son tour de servir. Celle-là
balayait entre deux portes, les bras
nus et le jupon retroussé aux flancs ;
et l'air en se rabattant
soulevait autour d'elle l'ordure
et la lui rejetait au visage...
je me rappelle. Je la vois.

DONNA ALDEGRINA

Ta tête maintenant pèse comme le bronze,
qui était si légère.

GIGLIOLA

Elle pèse? Dis-moi : pourquoi
mille pensées ensemble
n'ont-elles point le poids d'une seule pensée,
quand elle est seule? Je la secoue et me libère.
On peut vivre en paix.
Qu'arrive-t-il jamais? Rien. Les jours
sont égaux, et l'on vit...
Mon frère est encor dans son lit,
le front tourné vers le mur.
Il est fatigué toujours et plein de terreur.
Mais il vit. Il écoute les pas
que fait la tante Giovanna
dans la chambre, au-dessus de lui,
enfermée à double tour ;
les pas et les bonds, les cris sourds, il les compte,
qu'elle fait pour échapper à cet inconnu
qui est enfermé avec elle,
qui la regarde, lui parle, l'approche, la touche,
respire près d'elle, intolérablement,
visible et palpable
pour elle seule...

DONNA ALDEGRINA

Non, non!
Tais-toi!

Elle met ses mains décharnées sur la bouche de Gigliola.

Tu es dévastée,
tu es désespérée jusqu'au fond de toi,
tu es brûlée jusqu'à la racine.
Tout ce qui est misérable et blessé
et brisé et agonisant
parle par ta bouche. Tu es la voix de notre ruine,
de toutes les ruines inéluctables.
O ma pauvre, pauvre, pauvre créature,
ma chère petite âme,
pour moi petite toujours,
qui te consolera?
qui t'humectera une fois encore
ces paupières sèches? Hélas! hélas!
Une pierre, une terre calcinée, un chaume aride.
Et que ferai-je pour toi, moi, vieille et consumée?
Qui jamais, qui jamais fera pour toi, au monde,
quelque chose, ô ma petite solitaire?

GIGLIOLA

Moi! moi, je ferai quelque chose. Il faut agir.
Il faut agir. Je dois me lever,
rester droite et debout jusqu'à l'heure
de me coucher. Baise mon front.
Tu le baiseras ce soir une fois encore.
Ainsi. Je me lève. Mon courage ne vacille point.
Cette nuit, les manœuvres
travailleront à la lueur des torches,
ne le sais-tu pas? Toute la nuit. Moi aussi,
moi aussi, là-bas, quelque part,
j'ai une torche rouge cachée sous le boisseau,
sous un très vieux boisseau caché
qui ne mesure plus, car il ne retient plus
ni le blé, ni l'orge.
Entre les cercles de fer rouillé
ses douelles sont déjointes.
Celle-là, je la prendrai dans mon poing pour éclairer
le labeur nocturne, autour de la ruine.
Et si la maison croule
je suis certaine qu'une sépulture
restera ferme et intacte.
Je le promets.

DONNA ALDEGRINA

Gigliola, où vas-tu?

GIGLIOLA

Je vais promettre.

Elle entre sous l'arcade des mausolées ; elle disparaît par la porte de la chapelle.

DONNA ALDEGRINA

Suis-la, Annabella.
Suis tous ses pas.
Ne la quitte jamais. J'ai peur, j'ai peur!

ANNABELLA

Maîtresse, je n'ose.
Elle veut toujours rester seule quand elle descend
à la chapelle et s'agenouille
sur cette tombe.
Je peux me mettre là, derrière la porte.

DONNA ALDEGRINA

Ne la quitte point. Va... Toi, Benedetta,
regarde qui vient par l'escalier.

BENEDETTA, *prêtant l'oreille.*

C'est la voix de don Bertrando. Il monte
avec son frère. J'entends aussi la voix
de don Tibaldo.

DONNA ALDEGRINA

Simonetto
s'est levé? Quelle heure est-il?

BENEDETTA

Bientôt trois heures, maîtresse.

DONNA ALDEGRINA

Va, va là-haut. Vois
s'il dort encore. Ne le réveille pas,
s'il dort. Mais s'il est réveillé
qu'il se lève et prenne
sa potion.

BENEDETTA

Maîtresse, sa sœur
ne veut plus qu'il prenne sa potion
si elle ne la lui prépare
de ses mains.

DONNA ALDEGRINA

Pourquoi?

BENEDETTA

Je ne sais.
Elle a son idée.

DONNA ALDEGRINA

Je monterai, moi aussi, avant peu.
Annabella! Annabella!

La vieille femme disparaît sous l'arcade en appelant à voix basse la nourrice. Elle entre avec elle dans la chapelle. Benedetta gravit l'escalier en soupirant.

Scène III

Entrent par l'escalier qui donne sur la loggia, sous l'armature de poutres et de cordes, TIBALDO DE SANGRO *et* BERTRANDO ACCLOZAMORA, *les deux demi-frères.*

BERTRANDO

Donc, tu refuses? C'est ton dernier mot?

TIBALDO

Je n'ai même pas un tournois!
Je ne sais comment je vais faire
pour payer la journée

des manœuvres. Et si je ne paie point,
maître Domenico di Pace
laisse tout s'en aller en ruine;
il enlève les étais. Comprends-tu?

BERTRANDO

Tu mens!

TIBALDO

Vois, Bertrando : ma mère fouille
tous les parchemins
des bibliothèques, elle met c'en dessus dessous,
les archives, les collationne liasse par liasse,
s'y consume les yeux...
Ah! si l'on retrouvait l'acte
de cet engagement fidéicommissaire
dans ce procès que nous avons avec les Mormile.

BERTRANDO

Tibaldo, point de détour. Je te le demande encore
une fois! Me donnes-tu cette misère?

TIBALDO

Mais quand je te dis que je n'ai pas un tournois!
Crois-moi.

BERTRANDO

Tu mens!
N'as-tu pas reçu hier des arrhes,
cent vingt ducats,
pour le blé que tu dois livrer
après la moisson?

TIBALDO

Ce n'est pas vrai!

BERTRANDO

Tu as le courage de le nier!

TIBALDO

C'est la récolte du champ
qui est à mon fils, qu'il hérita
de sa mère.

BERTRANDO

Mais tu en as l'usufruit.

TIBALDO

Je ne peux
y toucher.

BERTRANDO

Toi! toi qui enfonces partout
tes griffes! et n'as que le scrupule du ver
qui a rongé le Christ, mais ne voulait pas ronger
le clou! Race des Sangro!

TIBALDO

Mais qui,
mais qui donc me saigne, depuis vingt ans,
sans trêve?

BERTRANDO

De tout ce que j'avais,
tu t'es emparé, par l'usure.

TIBALDO

Quels étaient les biens des Acclozamòra?

BERTRANDO

C'est ton père qui commença
de nous dépouiller.

TIBALDO

De quoi donc?

BERTRANDO

Nous avions Celano,
nous avions Paterno,
Aielli...

TIBALDO

Au temps des Aragonais,
sous le bon roi Alphonse!
Mon père te recueillit dans la maison,
toi et ta femme,
quand il ne te restait rien d'autre
qu'un troupeau de cinquante brebis,
les éclisses de hêtre et les fromageries.

BERTRANDO

Tu oses me rappeler ton père
et me reprocher ses bienfaits!
Quels bienfaits? Il devait me restituer
ce dont, quand j'étais mineur, il m'avait
frustré. La tutelle
fut le larcin garanti.
Qu'elle parle,
qu'elle parle, celle qui est veuve deux fois!

TIBALDO

Toi, de toutes les infamies
tu souilles ta bouche de mâtin;
et toujours tu es prêt à mordre
jusqu'au sang et à l'os,
quand tu ne reçois pas ton gâteau.

BERTRANDO

N'irrite pas le mâtin, Tibaldo.

TIBALDO

Que veux-tu de moi? que je me livre à toi
pieds et mains liés? Tu veux m'offrir le sort
de ta femme, le sort de Giovanna? M'ensevelir
vivant entre quatre murs?
Et puis godailler avec tes donzelles
sur les restes des Sangro?
Mets au moins un bâillon
à ta victime, car on l'entend trop crier;
et il y a quelqu'un qui relève la tête.

BERTRANDO

Regarde-moi bien, regarde-moi dans les yeux,
toi qui parles de victimes.
Il en est une qui s'est imprimée
au fond de ta prunelle,
ô veuf de Mònica, mari de la femme marse.

TIBALDO

Oh! oh! Tu m'en vois une
dans la prunelle? C'est moi qu'on a fixé?
Il est certain que tu m'as vu pâlir.

Rire sardonique.

BERTRANDO

Ta graisse blême est impassible.

TIBALDO

Au moins, Bertrando, tu me vois trembler.
Regarde comme tremblent
mes deux mains. Je suis paralysé.

BERTRANDO

La maladie te ronge les vertèbres.
Tu es fini... Ne ris pas, ne ris pas ainsi,
ou je te brise sur les dents
ton ricanement... Tu ris, tu ris,
et dans le blanc des yeux tu as l'épouvante.
Veille à ce que ta ruse
ne se retourne sur toi,
tout d'un coup.

TIBALDO

Oui, je veille.
Je ne passe déjà plus par les couloirs
obscurs ni par les escaliers étroits
quand tu es dans la maison.

BERTRANDO

Je te hais,
de chaque goutte de mon sang contre
chaque goutte du tien.
Tu entends? Tu me gênes.
Ton souffle empoisonne
l'air nécessaire à mes poumons.
Et ta naissance
me fut toujours une injure
que jamais je ne sus te pardonner. Tu entends?
Et d'aucune chair humaine je ne sens
le dégoût comme de la tienne ;
tout, de toi, m'offense ; le pas, le geste, le rire,
la respiration, le regard. J'ai une rancœur
mortelle contre tes mains flasques
qui portent l'enflure
du mal cardiaque...

Tibaldo soudain faiblit.

TIBALDO

Hélas! c'est vrai, c'est vrai,
c'est l'œdème, c'est l'œdème mol et froid
qui cède au doigt et reste là, avec le creux.
Mon cœur est malade. Je mourrai
subitement sur le seuil de cette porte...
Bertrando, je t'ai refusé
ces cinquante ducats
alors que je vais mourir!
Je te les donnerai. Attends.

Bertrando se rapproche de lui.

BERTRANDO

Tu souffres? Le cœur te tremble?
Je ne voulais pas te faire violence.
Mais tu le sais, je me laisse emporter
par la colère... Tu souffres?

TIBALDO

Je te les donnerai. Mais je ne les ai pas ici. Il faut
que tu viennes avec moi...

BERTRANDO

Où donc?

TIBALDO

Où j'ai
entassé...

BERTRANDO

Où cela?

TIBALDO

Ah! si je pouvais avoir confiance en toi
comme dans mon frère!

BERTRANDO

Ne suis-je pas ton frère?

TIBALDO

Tu me hais, de chaque goutte de ton sang...
Tu l'as dit.

BERTRANDO

Oui, dans l'emportement de la colère.
Tu te plais à m'exciter : tu te railles
de moi... Et puis toi-même
tu ris de ma fureur.

TIBALDO

Tu ne m'as plus en haine?
Je puis donc avoir confiance?

BERTRANDO

Parle.

TIBALDO

Le trésor...

BERTRANDO

Où est-il? Parle, je t'écoute. Ne crains pas.

TIBALDO

Tu connais la vieille légende qui court
chez les gens d'Anversa
et dans toute la vallée
du Sagittaire, et de la Fourche d'Or
à la Terrata, parmi les pasteurs?

BERTRANDO

Oui,
je la connais.

TIBALDO

La grande maison
des Sangro, celle des cent pièces,
qui n'est que crevasses et toiles d'araignée,
qui de tous les côtés
se désagrège, où personne ne remet
seulement une truellée de chaux...

BERTRANDO

Oui, oui, je la connais.

TIBALDO

Et la famille fait
maigre cuisine. Et dans un mur ignoré
est caché le trésor
de don Simone; et chaque aîné
hérite du secret et de l'avarice...

BERTRANDO

Eh bien?

TIBALDO

Comme tu es impatient, frère!
Tu veux que je te dise comment crie
chaque clé rouillée, comment grince
chaque porte dégondée?

BERTRANDO, *assombri.*

Tibaldo,
point de détours.

TIBALDO

Ecoute. J'ai un peu d'étouffement.

Il suffoque et souffle, simulateur.

Ecoute. Mon fils,
Simonetto, est malingre et il dépérit;
lui aussi, hélas! aura une vie trop brève.
Et les premiers-nés s'en vont...
Ah! si tu ne m'étais pas
ennemi! Acclozamòra contre Sangro.

BERTRANDO

Moi, ennemi? Oh! non!

TIBALDO

Tu m'injuries toujours.

BERTRANDO

Mais sans fiel. Par chaleur de sang.
La même mère nous porta.
Si tu ne me reniais, je serais ton frère

à cœur ouvert. Les paroles s'envolent.
Oublie, je t'en prie. Voici ma main.

Tibaldo interrompt avec un éclat de mépris la simulation.

TIBALDO

Tiens : un ducat, un ducat! Il ne vaut
pas plus, ton subit amour fraternel. Tiens!
Pour un ducat, je l'achète!

BERTRANDO

Ah! bâtard!

TIBALDO

Prends-le de la main flasque. Mon cœur
malade résiste encore au rire. Même cela
me réussit mieux que la digitale.

BERTRANDO

Ça ne te réussira pas. Je te mettrai sous mes pieds,
je briserai ton dos de bouffon!
Ah! par Dieu, cette fois,
tu ne m'échapperas point! Je te ferai mordre,
je le jure, tes plâtras!

TIBALDO

Laisse-moi! Brute! Brute!

BERTRANDO

A bas! La nuque
sur le sol! Acclozamòra contre Sangro!

TIBALDO

Non! Laisse-moi! Assassin!

BERTRANDO

Tu mords comme une femme...

TIBALDO

Assassin!

Scène IV

Parait leur mère, accourant de la chapelle. Et derrière elle vient GIGLIOLA, suivie d'ANNABELLA ; et elles se tiennent à l'écart.

DONNA ALDEGRINA

Mes fils! mes fils! Bertrando!
Ah! quelle honte! Forcenés!
Ne rougissez-vous pas? Me voulez-vous morte
d'horreur? Allons, jetez-vous contre moi.
Allons, brisez-moi la poitrine,
arrachez mes cheveux blancs,
plus blancs de douleur que de vieillesse,
et à cause de vous, mes tristes fils!
Quel lait vous ai-je donc donné,
quel lait malfaisant,
pour que vous me le rendiez en gouttes et gorgées
de poison, chaque jour? O Bertrando, cruel,
quelle folie t'a envahi? Tu es toujours en guerre,
toujours prêt à nuire. Lève
donc la main aussi sur moi.
Cela seul te reste à faire.

BERTRANDO

Tais-toi, mère. Je sais
que tu ne m'aimes pas, depuis qu'il te fut à charge
d'être fidèle à une tombe
et que la servitude envers les intrus
me fut imposée,
toujours plus dure ; et que le vieux nom, le mien,
fut pour toi malsonnant comme un reproche.

DONNA ALDEGRINA

Misérable! Ce n'est pas la première fois
que tu mords ta mère à la poitrine!

BERTRANDO

Ce n'est pas moi qui mords. C'est celui-ci,
vois, qui a tenté de me mordre les doigts
avec ses dents de rongeur. Et toi
tu le protèges. Protège
celui qui a la face blême
et l'haleine pénible. Il en a besoin.

DONNA ALDEGRINA

Cruel, ne vois-tu pas
que sa fille est là,
avec son visage caché?

BERTRANDO

Dis-lui que, si elle regarde
dans la pupille du veuf
remarié, si elle regarde au fond,
elle verra...

DONNA ALDEGRINA

Bertrando! Bertrando!

BERTRANDO

Je me tais.
Adieu, mère. Tibaldo,
ton ducat, regarde,
est resté par terre :
il montre le revers. Attention!
Ramasse-le et sois prudent.

Il pousse du pied la pièce vers son demi-frère, puis il ouvre la porte de gauche pour sortir.

Adieu, mère.

DONNA ALDEGRINA, *le suivant.*

Bertrando, ne t'en va pas
ainsi. Je t'en prie! Calme-toi. Tends
la main à ton frère.

BERTRANDO

Pour un ducat?

Il sort.

DONNA ALDEGRINA

Attends!
Ecoute ta mère! Je t'en supplie!

Elle suit son fils, qui ne se retourne pas.

Scène V

TIBALDO DE SANGRO reste assis, au milieu des parchemins, tête basse, encore troublé par la lutte et très pâle. GIGLIOLA lève la tête, regarde son père, marche vers lui. On entend les voix des travailleurs, lointaines.

GIGLIOLA

Va-t'en, Annabella.

Elle s'arrête et suit du regard la nourrice qui s'en va silencieusement et monte dans l'ombre de l'escalier. Puis elle s'approche de son père et sa voix tremble.

Père,
c'est moi. Il n'y a plus personne. Je suis
seule avec toi.

Il se lève timidement, en vacillant un peu, sans oser regarder au visage sa fille.

TIBALDO

Gigliola!

GIGLIOLA

Oh! non, tu ne dois

pas sourire ainsi. Tu me ferais
moins mal, si tu me foulais à tes pieds.

TIBALDO

Je ne dois pas te sourire... Pourquoi?
Je te fais mal... Je ne sais... Laisse alors
que je me mette à genoux devant toi,
ma fille.

GIGLIOLA

Non, non, pas à genoux. Reste droit.
Un temps. Elle fronce les sourcils.
Qui donc voulait te courber la nuque
sur le sol?

TIBALDO

Ma fille, aie pitié de ton
père, si tu fus témoin
de la honte.

GIGLIOLA

Tu es tout tremblant.

TIBALDO

Je souffre un peu.

GIGLIOLA

Certes, tu ne trembles point... n'est-ce pas?
tu ne trembles point... à cause de cela.

TIBALDO

A cause de cela?
Un temps.

GIGLIOLA

Père!

TIBALDO

Dis! qu'as-tu? que veux-tu,
Gigliola? Parle.

GIGLIOLA

Tu n'as pas peur?

TIBALDO

De qui?
Un temps.

GIGLIOLA

Tu lui as mordu la main.

TIBALDO

Gigliola...

GIGLIOLA

Fort?

TIBALDO

Que me demandes-tu?

GIGLIOLA

Tu devais mordre fort. Tu n'as pas peur,
n'est-ce pas?

TIBALDO, *balbutiant.*

Mais qu'as-tu?
Que me demandes-tu? Si tu as vu
ce qui ne devait pas être vu
par tes yeux, pardonne-moi, pardonne-moi!

GIGLIOLA

J'ai tout vu, je vois tout.
Je n'ai plus de cils; je suis sans paupières;
mes yeux ne se ferment
plus, ne battent plus.
Je vois, terriblement.

TIBALDO

Est-ce toi, Gigliola?
Qu'arrive-t-il? Qui te donne
cette force? Quels cris, que de cris
dans ta voix sourde!

GIGLIOLA

Tu avais oublié le son de ma gorge blessée.

TIBALDO

Tu étais restée voilée
pour moi, toute voilée
par ton deuil, à l'écart.

GIGLIOLA

Ma voix te semble neuve?
Toute une année, en silence,
j'ai porté la plaie
qui ne saigne point, la plaie
qui fut faite à moi aussi
tout à coup, tu le sais,
ici, autour du souffle...
Mais regarde-moi; mais lève les yeux. Regarde-moi
telle que je suis: non plus petite
et non plus douce...
Rien de jeune n'est resté
en moi. En un an est passé
mon printemps. Je me suis mûrie
non au soleil, mais à l'ombre,
à l'ombre d'une sépulture. Regarde-moi;
car je dois t'interroger,
et le temps presse. J'ai hâte.
Avec un effort anxieux, le père soulève les paupières, la fixe.

TIBALDO

Oh! l'horreur, l'horreur
sur ta face, ces yeux sans paupières!
Ma fille, et tu me hais, toi aussi?
Et qui t'as faite si dure? Dis-moi.

GIGLIOLA

Te souvient-il? Dans quelques
heures viendra l'heure:
vers le soir. Ma mère fut appelée;
et la malheureuse entra
dans la chambre déjà sombre.
Et, un peu après, cette autre, la servante
tortueuse, la femme venue de Luco,
sortit en criant. Et déjà
la victime ne remuait plus...

TIBALDO

Non, non, ne poursuis pas!

GIGLIOLA

Il faut que tu m'écoutes
et que tu me répondes.
Cette autre-là est ta femme
aujourd'hui. Tu me l'as donnée pour maîtresse.
On m'a pris ma mère et l'on m'a donné
pour maîtresse celle qui avec son torchon
lavait le carreau.
N'est-ce pas vrai? Mais regarde-moi donc!

TIBALDO

Je ne peux plus. Je n'ai plus de force.

GIGLIOLA

Et pourtant
il faut que, les yeux
dans les yeux, visage contre visage,
tu me répondes.

TIBALDO

Parle tout de suite.

Dis-moi ce que tu veux.
Je te regarde.

GIGLIOLA

Tu sais la vérité?

TIBALDO

Mais laquelle?

GIGLIOLA

Non, père, non, ne me fuis pas.
Tiens ferme ton âme dans ma prunelle
comme je tiens ferme la mienne.
Qui la fit mourir?
La vérité! La vérité!

TIBALDO

Ne fut-ce
pas le sort inique? Le heurt aveugle?

GIGLIOLA

Oh! je t'en supplie, père!
A moi, ne mens point. Parle-moi
comme si j'étais moribonde,
comme si, après, je devais
avoir les yeux et la bouche
scellés à jamais. Ne sais-tu rien?
Ne soupçonnes-tu rien? Cette autre-là
qui sortit en criant...

TIBALDO

Non, non!

GIGLIOLA

Mais tu es tout blanc.

TIBALDO

Oh! Oh! Et tu penses,
ma fille, tu penses de moi cette infamie :
que je t'aurais soumise
à tant d'horreur, dans la maison
où tu naquis, que moi, complice,
j'aurais uni d'un lien horrible
la bête criminelle et ta pureté,
ici, dans la maison où est gardée
celle qui fut ensevelie...

GIGLIOLA

Silencieusement;
elle fut ensevelie, silencieusement :
et chaque visage à l'entour
était comme la pierre sépulcrale,
comme la pierre que l'on pose
sur la chose obscure et secrète. Et ton visage...

TIBALDO

Mon visage...

GIGLIOLA

... semblait
avoir une marque de honte.
Oh! que tu fais pitié, père! Mais
je dois tout dire. Il semblait
que déjà le déformait
la grimace que depuis j'ai revue
mille fois, le masque convulsé
que t'a mis cette femme
et que tu ne peux t'arracher...

TIBALDO

Mais le vois-tu? ici? l'ai-je donc ici?
quand je pleure, ne se fend-il pas?
Mais qui t'a faite si cruelle?
Qui t'a défigurée, toi aussi?
Tu n'es plus Gigliola.

GIGLIOLA

Je ne suis plus Gigliola.
Je suis consumée, et non par l'ombre seule
de ce sépulcre, mais par l'haleine impure
qui souffle sur mon âme sans cesse,
et par ton sourire,
par le sourire de honte
qui depuis un an fut le signe
de ta bonté paternelle.

TIBALDO

Je me rongeais d'amour
pour toi, avec un regret sans fin,
exilé de ton âme,
exilé de toutes les douces choses
que je savais en toi... Comment
pourrais-tu comprendre mon mal
désespéré, ma misère sans refuge?

GIGLIOLA

Ah! que tu fais pitié! Je ne suis pas cruelle.

TIBALDO

Je m'en irai, je disparaîtrai.
Tu ne me verras plus. Le veux-tu?

GIGLIOLA

Chasse-la!

TIBALDO

Tu ne peux, tu ne peux comprendre!

GIGLIOLA

Chasse-la!

TIBALDO

Je m'en irai.

GIGLIOLA

Chasse-la! Le piège est tendu aussi pour toi.
Tu es aveugle. Je vois.

TIBALDO

L'effroi devance ta parole. Dis! que vois-tu?

GIGLIOLA

La turpitude partout, la fraude
servile, la trahison. Mes yeux sont profanés.
et je ne peux les fermer.

TIBALDO

Avec chacun de tes mots
comme avec une griffe
tu me saisis et me serres le cœur. Dis-moi tout.

GIGLIOLA

Oui, je dois tout dire comme
celui qui va trépasser.
De toutes ces choses qui me souillent,
je me purifierai.

Un temps.

Chasse-la. L'homme
qui te voulait courber la nuque
sur le sol, et que tu as mordu
à la main... Oh! vilenie!

Elle se couvre la face.

TIBALDO

Non, non, non!... Que sais-tu? Comment sais-tu?
O ma fille, toi, voir... Non, non. La haine...
la haine t'aveugle.

LA VOIX D'ANGIZIA

Tibaldo! Tibaldo!

Scène VI

La femme paraît sur le seuil de la porte, à gauche.

ANGIZIA

Tu ne réponds pas? Qu'as-tu?
Mais tu es de pierre! Est-il vrai
qu'il vient d'y avoir une dispute
avec le frère? Que vous en êtes venus
aux mains?

Elle voit Gigliola.

Ah! tu étais
là... avec elle!

TIBALDO

Avec ma fille Gigliola.
Je parlais à ma fille. Nous avons encore
quelque chose à nous dire...

ANGIZIA

Que je ne peux
entendre?

TIBALDO

Viens, ma fille, avec moi. Allons ailleurs.

ANGIZIA

Non. Toi, reste ici. Laisse-la s'en aller.

TIBALDO

Angizia, n'élève point la voix.
Ce n'est pas toi qui commandes
dans la maison des Sangro.

ANGIZIA

Quelle nouveauté! Nous allons rire. Mais en attendant
je suis ta femme ; et la belle-fille
doit obéir. Va-t'en,
Gigliola. J'ai à parler
avec mon mari.

GIGLIOLA

Servante,
si — à présent que tu as les clés —
tu peux sans subterfuge
passer ton temps à vider les carafes
dans l'office, tout au moins
évite de te montrer
grise devant nous
et de nous faire sentir dans ton arrogance
l'odeur de ton vice.

ANGIZIA

Et tu ne lui donnes pas une gifle,
toi qui es près d'elle? Tu me laisses
injurier par ça!

TIBALDO

Tais-toi, tais-toi! Va-t'en,
va-t'en d'ici. Je ne veux pas que tu parles
ainsi à ma fille. Tu n'es pas digne
de secouer la poussière du bord
de sa robe.

ANGIZIA

Deviens-tu fou? Crois-tu
être encore mon maître? Je veux
savoir ce que vous disiez. Je suis sûre
qu'elle t'excitait
contre moi, comme elle fait toujours.
Mais le venin se combat avec le venin.

GIGLIOLA

Servante, tu es experte en venins.
Je le sais. Tu descends des Marses. Tu portes
le nom de la montagne amère. Et hier soir
j'ai vu ton père qui te cherche,
qui te réclame avec sa flûte.
C'est un charmeur de vipères.

ANGIZIA

C'est ça
qu'elle t'a dit? Ce n'est pas vrai, ce n'est pas vrai,
Tibaldo. Non, cet homme n'est pas mon père.
Je ne le connais pas. C'est un homme
de Luco, qui passait par ici
et voulait de moi
l'aumône.

GIGLIOLA

Va, ne t'inquiète pas.
Nous verrons plus tard. L'homme de Luco est encore
près d'ici et te guette.
Mais ce n'est pas cela que je disais.

ANGIZIA

Et que disais-tu?

GIGLIOLA

Servante, qu'il y a aujourd'hui un an...

ANGIZIA

Eh bien, oui. Il y a aujourd'hui un an.
Et tu me regardes.

GIGLIOLA

Je te regarde.

ANGIZIA

Eh bien, oui. Me voici. Regarde-moi.
Crois-tu que j'ai peur?

GIGLIOLA

Je te regarde.

ANGIZIA

Qu'as-tu à dire? Allons, dis, dis tout.
Parle. Crois-tu que je baisse les yeux? Non,
non, je ne les baisse pas. Crois-tu que je ne sais pas
ce que disent toujours tes yeux,
quand tu me fixes? Ils disent :
« C'est toi! C'est toi! C'est toi!... » Eh bien, oui,
c'est vrai.

TIBALDO

Non, Gigliola,
ne l'écoute pas. Elle est folle
de fureur ; c'est la bête
furieuse : elle a le vertige de la haine.
Tu l'as provoquée. Elle ne sait ce qu'elle dit.
Ne l'écoute pas. Va-t'en, Gigliola.
Elle ment pour t'exaspérer.

ANGIZIA

Non, je ne mens pas. C'est vrai. C'est vrai.
C'est moi. Je te le crie et je ne baisse pas les yeux.
Me voici. Je t'ai répondu
sans trembler. J'ai fait cela. Il y a aujourd'hui un an.

TIBALDO

Ce n'est pas vrai! Tu la vois, elle est hors d'elle ;
c'est une bête folle.

GIGLIOLA

Ma mère, ma mère, âme sainte,
voici l'instant. Soutiens-moi. J'ai promis ;
je tiendrai. Je serai forte.

ANGIZIA

Et que feras-tu?

Que pourras-tu me faire?
Je suis protégée par ton père. Deux
nous sommes, deux nous étions.

TIBALDO

Tais-toi!
Chienne enragée! Va-t'en. Je te chasse!
Si tu parles encore, je te traîne dehors
par les cheveux, je t'abats sur le carreau!

ANGIZIA

Tu n'en as pas la force : tes genoux tremblent ;
tu vas t'évanouir. Deux
(toi qui encore m'appelle servante, écoute-moi,
écoute-moi!) deux nous étions. Je te le dis
afin que tu saches bien
que pour m'atteindre tu dois
passer sur ton père.

TIBALDO, *pliant les genoux, se courbant jusqu'à terre.*

Ne la crois pas!
Elle a menti, elle a menti par vengeance.
Elle est frénétique de haine. Je te le jure,
ma fille. Mais passe, mais passe sur moi!

RIDEAU

ACTE II

Le même lieu, au déclin du jour.

Scène première

SIMONETTO *est assis près de sa grand'mère, tandis que les deux nourrices sont attentives à l'œuvre du fil.*

DONNA ALDEGRINA

Va, Simonetto, avec Annabella,
va faire quelques pas, avant que tombe
le soir. Distrais-toi un peu.

SIMONETTO

Non, je n'en ai pas l'envie. Je suis fatigué,
grand'mère.

DONNA ALDEGRINA

Tu viens de te lever!

SIMONETTO

Vois, il n'y a plus de soleil.
Il va pleuvoir. Entends comme crient
les hirondelles.

ANNABELLA

C'est un nuage de juin.

SIMONETTO

Il tonne.

ANNABELLA

Il ne tonne pas. C'est le Sagittaire gonflé
qui gronde.

DONNA ALDEGRINA

Va voir le Sagittaire.
Simonetto. Va jusqu'à l'esplanade.
Il est tout écumant; il fait l'arc-en-ciel;
il est beau à voir.

SIMONETTO

Alors,
fais-moi porter avec la chaise,
grand'mère.

DONNA ALDEGRINA

Bambin paresseux,
quel caprice te vient?

SIMONETTO

Grand'mère, je suis si malade!

DONNA ALDEGRINA

Ce n'est pas vrai. Tu vas mieux. Aujourd'hui,
tu es moins pâle.

SIMONETTO

Mais quel est mon mal?

DONNA ALDEGRINA

Le mal de l'adolescence, rien d'autre.
Tu grandis. Tu vas sur tes dix-sept ans.

SIMONETTO

Tu m'avais dit : « Au printemps,
tu guériras. » L'été
est venu, et il me semble de mourir
peu à peu. Non, je ne veux pas. Grand'mère,
pourquoi ne me guéris-tu pas? Benedetta,
toi qui m'as nourri,
toi qui es si forte, tu ne fais rien pour moi!

BENEDETTA

Mon enfant, je fais pour toi un vœu à chaque
aiguillée que je tire de la quenouille.

SIMONETTO

Et que fait la Joyzelle?
Quelque chose me manquait
et je ne savais quoi;
et c'était sa voix.

ANNABELLA

Elle ne donne plus d'eau.
Le canal s'est encroûté.

SIMONETTO

Elle est prisonnière
aussi, la vie de Joyzelle!
On lui a pris son jeu de rire
et de pleurer tout à la fois par trois petites bouches.
Grand'mère, il nous reste les parchemins moisis.
Et tu les feuillettes, et tu les feuillettes!
Et ce peu de vent qui vient de chaque feuille,
c'est la volonté des morts.

DONNA ALDEGRINA

Ne t'agite pas, Simonetto.
Tu dis des folies. Tu as le front en sueur,
tes mains sont moites.

SIMONETTO

Je veux aller
à Cappadòcia, chez tante Costanza.
Mettez-moi sur le mulet
qui sait la route. Ah! comme on respire
dans les bois de châtaigniers!
Je veux encore mon fusil et mes chiens
tachés, blancs et noirs, blancs et fauves;
et cette chambre claire, où l'on dort
en paix, entre l'armoire et le bahut
qui restent tranquilles, sans craquer,
et fleurent la lavande!
Je veux retourner là.

DONNA ALDEGRINA

Tu y retourneras
quand tu voudras.

SIMONETTO

J'y étais dans ce mois-ci,
il y a un an; aujourd'hui même, j'y étais.
Et je ne savais pas que la mort...

DONNA ALDEGRINA

Quand
eux-tu partir? Demain?

SIMONETTO

Partons
tous ensemble!

Un temps.

Personne ne me rappela
lorsque maman eut la variole noire.

DONNA ALDEGRINA

La contagion... le danger pour toi.

SIMONETTO

On peut partir, et puis...

BENEDETTA

Parfois, donna Monica disait :
« Non, non, par charité! S'il vient, il prendra
mon mal... Retenez-le au loin... »

SIMONETTO

Hélas! nourrice, elle disait aussi,
quand c'était l'été (ne t'en souvient-il?) :
« Ce soir, dressez la table sous le platane.
Nous dînerons dehors... »
Et des montagnes venait la fraîcheur
sur la nappe, et il y avait autour des lampes
un vol de papillons,
et nous jetions les amandes nouvelles
contre les paons juchés...

Il se lève brusquement.

Partons,
Annabella.

DONNA ALDEGRINA

Qu'as-tu? Pourquoi tressailles-tu?

SIMONETTO

J'ai entendu un bruit de robe dans l'escalier.
Cette femme descend.

DONNA ALDEGRINA

C'est Gigliola.
Regarde.

Scène II

SIMONETTO, *courant vers sa sœur.*

Ma sœur! C'est toi!
D'où viens-tu? Tu es restée jusqu'à présent
dans ma chambre?

GIGLIOLA

Oui.

SIMONETTO, *à demi-voix.*

On entendait crier
encore?

DONNA ALDEGRINA

Sais-tu, Gigliola? Simonetto
veut retourner à Cappadòcia.

SIMONETTO

Avec toi!

GIGLIOLA

Oui, mon chéri.

SIMONETTO

Demain.

GIGLIOLA

Il faut
que d'abord tu reprennes quelques forces.
Le voyage est trop malaisé.

SIMONETTO

Le mulet a l'amble
doux.

GIGLIOLA

Tous les torrents
en ce moment ravinent les montagnes.

SIMONETTO

Alors,
tu me prendras avec toi dans ta chambre,
ces nuits-ci, comme tu me l'as promis.
N'est-ce pas?

GIGLIOLA

Oui, oui, chéri.

Elle lui prend la tête entre ses mains et lui donne un baiser.

SIMONETTO

Quelles mains froides! Attention,
ne tombe pas malade toi aussi, comme moi.

GIGLIOLA

Non. Je viens de me les laver
dans l'eau glacée.

SIMONETTO, *lui regardant les mains.*

Tu as sur les doigts
des taches qui ne s'en vont pas... Toutes.

n'est-ce pas? tu les a jetées
par la fenêtre, toutes ces poudres
et ces drogues! Grand'mère, sais-tu? Gigliola
a emporté toutes les médecines ;
elle ne veut plus que j'en prenne.

GIGLIOLA

Elles étaient trop nombreuses
et trop amères...

SIMONETTO

Oh! oui.

DONNA ALDEGRINA

Vraiment, Gigliola?

GIGLIOLA

Elles étaient tournées.
Il fallait les jeter.

SIMONETTO

Elle les regardait contre la lumière
une à une, et les agitait
et les versait goutte à goutte
dans le creux de sa main, et les flairait
à la manière des pharmaciens...

Il rit d'un faible rire.

Si tu l'avais vue, grand'mère! Elle sait
les recettes, Gigliola ; elle sait les doses
et les mélanges ; elle sait tout.

GIGLIOLA

C'est vrai ;
je sais tout.

SIMONETTO

Toi, guéris-moi, sœur!
Ne me quitte jamais.

GIGLIOLA

Non, chéri, chéri!

Elle le serre contre elle, le caresse, presque maternelle.

SIMONETTO

Benedetta, retrouve
ce vieux paravent de la Chine
décoré de toutes ces jonques
aux voiles de jonc et aux antennes
longues — (sœur, ne t'en souvient-il?)
où nous fîmes tant de beaux voyages
à travers tant de mers et de ports
avant de nous endormir...
Retrouve-le, nourrice,
et remets-le à sa place, entre les deux lits,
là, dans la chambre verte. Veux-tu, Gigliola?

Scène III

Par l'arcade du milieu, entre TIBALDO.
Simonetto se tait. Les femmes gardent le silence.

TIBALDO, *convulsé et gêné.*

Personne ne parle plus... Ce silence...
Il entre une ombre? Un spectre vous apparaît?
Tous muets, tous de pierre.
C'était toi qui parlais, Simonetto...
Tu t'es levé... Comment vas-tu?
Te sens-tu mieux?

SIMONETTO

Comme ça, toujours comme ça.

TIBALDO

Mais aujourd'hui,
cette fièvre ne t'est pas revenue?

SIMONETTO

Ce n'est pas l'heure. Plus tard. Elle reviendra.

Le père s'approche et fait le geste de le caresser. Simonetto évite la main, d'un mouvement instinctif, appuyant la tête contre l'épaule de sa sœur.

TIBALDO

Tu ne souffres pas que je te touche?

DONNA ALDEGRINA

Il est nerveux, inquiet.
Il tressaille au moindre souffle.
Laisse-le aller, Tibaldo. Il voulait
prendre un peu l'air. Annabella
va l'accompagner. Allons, va,
Simonetto, avant qu'il se fasse tard.

SIMONETTO

Viens avec moi, Gigliola!

GIGLIOLA

Je te rejoindrai,
si je peux. Je vais préparer notre chambre
avec Benedetta, transporter
tes affaires, tes livres...

SIMONETTO

Oui, oui.

GIGLIOLA

A ton retour,
tu trouveras tout prêt.

SIMONETTO

Oui, oui.

GIGLIOLA

Chéri,
marche doucement; ne te fatigue pas,
ne t'échauffe point. Passe
par le sentier, évite la poussière.
Veille sur lui, nourrice. — Benedetta,
viens.

BENEDETTA

Voilà, je viens. Je ramasse mon ouvrage.

Elles gravissent l'escalier, disparaissent.

Scène IV

Restent LA MERE *et* LE FILS, *l'un en face de l'autre.*

TIBALDO

Et toi, tu ne t'en vas pas,
Maman? Tu ne fuis pas le lépreux?
Tu ne fermes pas la bouche
pour ne point boire l'air infecté?

DONNA ALDEGRINA

Fils, ne te plains pas. Tu as passé
sur les cœurs qui t'aimaient.

TIBALDO

Et il n'est plus d'espoir?
Il n'est plus de pitié?

DONNA ALDEGRINA

Tu permets que les piétine
un pied habitué
au sabot ignoble.

TIBALDO

Je suis piétiné, moi aussi.

DONNA ALDEGRINA

Les autres sont innocents.

TIBALDO

Je suis l'assassin?

Il se lève, tremblant, dans l'épouvante de l'accusation.

Tu le crois? Gigliola te l'a dit?
Elle m'accuse devant toi?

DONNA ALDEGRINA

Fils, fils, triste jour que celui-ci.
C'est comme un songe noir qui nous suffoque.
Nous tremblons tous, sous une menace.
Le soupçon se tapit dans tous les coins.
Tu as la terreur de toi-même
et tu cries les mots irréparables.

TIBALDO

J'ai crié? Qu'ai-je crié, mère?
Ma voix n'est plus en moi.
J'ai regardé mon visage dans le miroir
et je ne me suis pas reconnu.
Pense que le jour où tu me mis au monde
ne compte plus; mais que ce jour-ci
compte pour mon éternité,
si tu m'aides.

DONNA ALDEGRINA

Comment
t'aiderais-je? Nous parlons
pour couvrir la clameur
qui est au fond de nos cœurs.
Et chacun de nous est seulement attentif
à ce que l'autre n'a pas dit. Et il semble
que la douleur a le visage de la ruse.

TIBALDO

Demande, interroge, fouille en moi,
arrache de moi
la vérité. Dis-moi
ce que tu vois dans cette misère
qui tremble devant toi.

DONNA ALDEGRINA

Hélas!
il n'est pas de misère égale
à celle que souffre
la mère qui ne peut plus consoler!

Un temps.

TIBALDO

Donc... tu le crois?

DONNA ALDEGRINA

Que dois-je croire, mon fils?

TIBALDO

Gigliola... t'a parlé...

DONNA ALDEGRINA

Quand? Tout à l'heure? Et ce peut être vrai?
Non, non, je n'ai pas voulu
comprendre.

TIBALDO

Mais que t'a-t-elle dit?

DONNA ALDEGRINA

Elle venait
de quitter la chambre de son frère;
elle avait emporté
tous les médicaments...

TIBALDO

Eh bien?

DONNA ALDEGRINA

J'ai deviné
qu'un soupçon terrible était en elle;
mais pas à ses paroles,
car elle s'est retenue
devant Simonetto qui ne se doute de rien.
J'ai deviné à la tendresse
mortelle qui était en elle, quand elle serrait
sur sa poitrine ce pauvre enfant...
secrètement miné...
Est-ce possible? Non, non,
c'est impossible. L'infamie serait trop grande!

TIBALDO

Oh! oh! pourquoi suis-je né?
Mère, pourquoi m'as-tu mis au monde? Voilà
ce que tu me réservais à l'heure
où j'ai crié vers toi éperdument
pour être aidé au dernier pas!
Ne te couvre point les yeux,
toi aussi regarde l'autre face
de l'horreur.

Il lui prend les mains et lui découvre le visage.

Oui, certes,
ce qui est impossible
est vrai. Je ne savais rien et tu m'as tout révélé
sans rien savoir. Mes vertèbres elles-mêmes
me l'attestent dans mon corps défait.
La bête venimeuse
est à l'œuvre de mort et ne se rassasie point.

DONNA ALDEGRINA

Abomination! Abomination! Et tu le dis!
Mais alors?

TIBALDO

Alors, écoute-moi,
mère : si tu me sauves dans l'âme
de ma fille désespérée,
je ferai ce qui répugne
à ma lâcheté et à mon vice,
jusqu'au plus profond de mes racines;
j'accomplirai la libération
incroyable, l'acte que personne
n'attend... As-tu compris?

DONNA ALDEGRINA

Ah! je ne sais; je ne comprends pas. Tout est sombre.
Un fléau implacable
disperse dans la nuit les survivants qui tremblent.
Bienheureuse celle qui repose en paix!

TIBALDO

Ecoute-moi. Je n'ai jamais voulu
lire dans tes pupilles, par peur
de la réponse à la demande cruelle.
Celle qui est en paix, par quelle main fut-elle
poussée à l'improviste dans le silence?

La mère se couvre de nouveau la face.

Et tu me caches encore
ton doute ou ta certitude! Ici,
tout à l'heure, celle que Gigliola appelle
servante, d'une voix
qui coupe le visage plus qu'un fouet,
la femme venue de Luco,

mon épouse légitime,
en une frénésie
de haine, en un vertige de colère,
visage contre visage, lui a crié : « Oui,
c'est vrai. C'est moi. J'ai fait cela. »

La mère tente de se lever, fait le geste de s'éloigner.

Non!
Reste. Ne me fuis pas. Ce n'est pas tout.
Ce n'est rien, même, ce que je t'ai dit.
L'accusation était dans l'air, dans chaque souffle,
s'exhalait de tous les murs,
se cachait dans l'ombre des voûtes,
se dessinait dans les lézardes
et dans les crevasses comme sur les lèvres
vives, comme dans les yeux palpitants.
Le cri de la bête folle
répondit à un silence
long qui lui disait fixement :
« C'est toi. » Gigliola n'a point cillé.
Il semblait qu'elle serrait
son âme dans ses mains fermes,
comme une arme affilée.
Mère, mère, et devant elle, devant
cette âme nue, l'ennemie
me montrant du doigt...

Il s'agenouille aux pieds de la vieille femme, rompu par l'angoisse.

Découvre ton visage,
je t'en supplie! que je voie ce que fait
ta douleur! Regarde-moi! que je voie
si tu peux me sauver ou si je suis perdu
également pour toi!

La mère le regarde.

Oui, ainsi.

Il hésite un instant.

L'ennemie,
me montrant du doigt, a dit : « Et que feras-tu?
Je suis protégée par ton père. Deux
nous sommes, deux nous étions. »

La vieille femme tente encore de se lever.

Mère,
Ne me quitte pas. Tends-moi les mains.
Elle a cru, elle a cru!
J'ai vu, sur son visage désespéré,
que le mensonge était cru! — Et toi?

On entend la voix d'Angizia dans le jardin.

LA VOIX D'ANGIZIA

Je ne te connais pas. Va-t'en, mendiant!
Va-t'en! Sauve-toi!
ou je crie au voleur. Hors d'ici!
Hors d'ici! Je ne sais qui tu es.
Veux-tu donc que je te chasse à coups de pierres?

De l'autre côté de la grille, on aperçoit la femme qui se penche vers la terre pour lapider.

DONNA ALDEGRINA

La voici, elle vient. Emmène-moi.
Soutiens-moi, car mes jambes, je ne les sens
plus. Je ne peux
plus me lever, je ne peux plus marcher.
Que veut dire cela? Soutiens-moi, Tibaldo;
porte-moi, traîne-moi,
là, jusqu'à la porte. La voici, elle vient.

TIBALDO

Mère,
c'est le destin. Reste.
Domine l'horreur.
Sois témoin de mon combat
mortel. Pour la mort et pour la vie,
sois juge. Je n'ai plus rien derrière moi.
Je suis seul. Toute ma race
a disparu, avec toute sa force aveugle.
Les forts qui m'ont engendré
ne m'aident plus. Cette ruine
ne daigne même pas m'écraser,
tant je suis peu de chose pour sa grandeur.
Toi-même, mère, tu n'es plus mienne;
de toi sont nés deux fils adverses;
et ton cœur diverge. Tu ne te tromperas point
en jugeant. Reste.
Tu le dois. C'est le jugement sans appel
où m'enserre le destin.

Scène V

ANGIZIA *ferme la grille de fer, et le coup résonne sous la haute voûte.*

ANGIZIA

O Tibaldo,
tu as entendu? Il était là!
Il était revenu, le gueux!
Tu sais? ce charmeur de serpents. Tu as entendu?
Je lui ai lancé une pierre dans le dos.
Mais, s'il s'enhardit à retourner,
il faudra le chasser à coups de trique...
Pas toi qui t'essouffles... Je m'y mettrai, moi,
avec Bertrando; et tu verras...
Oh! Madame ma mère, qu'avez-vous?
Vous avez eu peur?

TIBALDO

C'est moi
qui vais te chasser... comme une bête immonde.

ANGIZIA, *se retournant furieuse.*

Ah! tu recommences?

TIBALDO

Appelle
ton père, que je te rende à lui,
pour qu'il t'écrase la tête avec la pierre
que tu lui as lancée aux épaules.

ANGIZIA

Mais alors,
elle ne passe pas, ta manie? Cet homme
n'est pas mon père. Je n'ai pas de père.

TIBALDO

C'est vrai. Tu naquis de la pourriture sans nom.

ANGIZIA

Et tu m'as ramassée?

TIBALDO

Pour t'avoir poussée du pied hors du tas
répugnant, je suis resté infecté.

ANGIZIA

Et tu m'as liée à toi pour toujours?

TIBALDO

Il n'est pas de lien entre la bête et l'homme.
C'est un sacrilège que j'ai commis. J'avais
perdu le sens humain.

ANGIZIA

Tu m'as suppliée
en pleurant, en te tordant par terre,
quand je voulais m'en aller.

TIBALDO

Aujourd'hui, qu'importe!
J'ai relevé la tête. Tu le vois.

ANGIZIA

Oui. Pas pour longtemps.
Pour te montrer à ceux-là qui t'excitent
contre moi. Tout à l'heure,
tu t'es mis le masque de l'homme fort
devant ta fille; et maintenant,
tu le mets devant ta mère.
Mais je ne suis pas dupe. Dessous,
je vois ton visage blême.

TIBALDO

Tu as raison. Il ne convient pas que je sois
si terrible. Je vais baisser
le masque et la voix. Et ce qui doit être fait
sera fait avec un seul geste et sans cri.

ANGIZIA

Quand tu seras seul
avec moi, tu te jetteras à terre, une fois encore;
et tu pleureras, et tu me supplieras.
Et rien ne sera fait,
parce que tu es lié à moi pour toujours
et lié deux fois.
Et le lien secret est apparent
désormais. Et tu n'oseras pas,
et personne n'osera
me toucher.

TIBALDO

Tu répètes le mensonge
inutile.

ANGIZIA

Pour que l'entendent d'autres oreilles
ici.

TIBALDO

Vaine infamie!

ANGIZIA

En vérité?
Persuade ta fille
que la servante ment
quand elle t'appelle complice et associé.
Regarde ta mère, là.

TIBALDO

C'est l'horreur de toi
qui la pétrifie.

ANGIZIA

O Tibaldo, je ne croyais pas
que tu puisses pâlir davantage!

TIBALDO

Et si ma mère
parlait et te demandait
une preuve... quelle preuve lui donnerais-tu?

ANGIZIA

Quelle preuve y avait-il contre moi,
quand ta fille, tout à l'heure, me répétait :
« Je te regarde »?
Et ta mère te regarde.
Et tu n'as plus couleur de vie ;
et tu n'as plus une goutte de sang
qui ne soit glacée dans ton cœur ;
et tu fais un effort désespéré
pour ne pas claquer des dents
— tiens, voilà que ta mâchoire te trahit —
comme la nuit d'il y a un an,
quand tu montas pieds nus, à la dérobée,
dans ma chambre obscure, et me cherchas
à tâtons, et vins
te coucher à côté de moi,
parce que tu ne pouvais rester seul;
et je savais ton consentement
tacite et tu savais ce que venait de faire
ma main hardie.
Et nous nous étreignîmes ; et nous fûmes
deux, pour le veuvage et pour les noces.
Tu te rappelles? Es-tu convaincu? Assez,
pour le moment.
Cela devait être dit, pour gage du silence...
que l'on pouvait rompre.

TIBALDO

Mère, tu as entendu? Tu restes
immobile.

La mère ne peut parler.

Tu as cru?
Tu crois?

La mère reste immobile.

Je suis ton fils
dément et lâche et perdu. Et cette femme mêle
son crime à ma folie en sorte
que je ne pourrai jamais en séparer
mon âme ni me sauver devant toi.
Je le sais. Je suis perdu.
Mais celle qui m'accuse,
qui m'enchaîne à son crime,
qui pèse de tout le poids de sa perfidie
sur chaque syllabe
de son mensonge,
comme elle pesa sur la victime,
cette femme, cette femme... c'est elle
qui empoisonne les remèdes
du malade...

ANGIZIA

Ce n'est pas vrai! Comment
le sais-tu? Qui te l'a dit?

TIBALDO

...qui ouvre et fouille
partout et vole avec de fausses clés...

ANGIZIA

Ce n'est pas vrai!

TIBALDO

...qui lance
la pierre dans le dos
de son père...

ANGIZIA

Ce n'est pas mon père, non!
Je ne le connais pas.

TIBALDO

...qui s'accouple derrière
les portes et dans les recoins,
avec mon frère ennemi...

ANGIZIA

Ce n'est pas vrai!

Dis-le-lui en face,
demande-le-lui, affronte-le!

TIBALDO

...qui souille
toute la maison, corrompt, empoisonne,
empeste tout...

ANGIZIA

Et hier, tu t'agrippais
à ma jupe comme un mioche!

TIBALDO

...c'est la bête sauvage sans nom, c'est la ravageuse
qu'il faut détruire.

Il se jette sur la femme comme pour l'étrangler.

ANGIZIA

Ah! tu es fou! Que me fais-tu!
Fou! Fou! Tu te repentiras.
J'appelle Bertrando. Vous, sa mère,
parlez-lui donc!

La vieille femme rompt l'immobilité de l'horreur et se lève avec un cri. Tibaldo lâche prise.

DONNA ALDEGRINA

Non, Tibaldo.

TIBALDO, *reculant.*

Non, non, mère.
J'ai lâché prise... Je la laisse. Pas devant toi!

RIDEAU

ACTE III

Le même lieu, à l'heure où le soleil se couche.

Scène première

L'HOMME AUX SERPENTS *entre par la grille, sous l'arcade, en suivant* GIGLIOLA *qui l'encourage.*

GIGLIOLA

Il n'y a personne. Reste. Ne crains rien,
homme. Tu es méfiant.

L'HOMME AUX SERPENTS

O petite baronne, ne me tends pas un piège.

GIGLIOLA

Non, je ne te tends pas un piège. Sois tranquille,
homme. Que regardes-tu?

L'HOMME

Je regarde comme est grande
ta maison. Mais elle s'abandonne.
Elle n'en peut plus. Elle veut se coucher.
Et moi aussi, je le voudrais. Je ne me soutiens plus.

GIGLIOLA

Tu es fatigué? Tu souffres?

L'HOMME

Je sens mon cœur
qui se brise. Donne-moi ton mouchoir
pour que je panse ma main
ensanglantée.

GIGLIOLA

Un serpent t'a mordu?

L'HOMME

Tu l'as dit.

GIGLIOLA

Venimeux?

L'HOMME

Tu l'as dit.

GIGLIOLA

Tu peux mourir?

L'HOMME

On meurt et l'on ne meurt pas.

GIGLIOLA

Assieds-toi là, si tu ne te soutiens plus, homme,
et donne-moi ta main
pour que je la panse.

L'HOMME

Toi, je ne t'ai pas prise
dans mes bras quand tu pleurais ; toi,
je ne t'ai pas bercée ; pour toi
je ne m'ôtai point la bouchée de la bouche; la gorgée,
je ne me l'ôtai point de la gorge, pour que tu croisses,
pour que tu fleurisses belle.
Et tu ne me maudis pas, tu ne me jettes pas de pierres;
tu me panses la main.

GIGLIOLA

Que d'amertume tu as dans le cœur!...
C'est un coup de pierre,
une entaille de pierre pointue,

Elle cherche à baigner le lin dans la vasque de la fontaine.

Joyzelle
ne donne plus d'eau. Je peux
à peine humecter le mouchoir.
Je te fais mal? Je serre trop?
Est-ce bien ainsi?

L'HOMME

Tu es la fille
du baron! Et comment

t'appelles-tu? Comment se dit ton nom?

GIGLIOLA

Gigliola.

L'HOMME

Hélas! toi, si gentille!
Tu l'as pour marâtre! Trois pierres elle me jeta :
une au flanc m'atteignit, aux reins
l'autre, la troisième à la main...

GIGLIOLA

Tu es donc
son père?

L'HOMME

Je suis Edia Fura,
fils de Forco, qui desservait
le Sanctuaire avant moi. Et avant lui,
il y avait Carpesso, de notre race,
qui entretenait la citerne sainte.
Et la gent serpentine reconnaît
notre souveraineté ; nous sommes immunisés.
Et j'ignore depuis combien d'années
est dans la maison cette flûte en os
de cerf, pour le charme, retrouvée
qui sait par lequel de mes pères,
dans un des sépulcres
qu'on voit sur la route de Trasacco ;
car notre race est aussi ancienne
que celle des barons.

GIGLIOLA

Et tu viens
de Luco? Et comment appris-tu la nouvelle?

L'HOMME

A la Pentecôte, une femme d'Anversa,
qui vendait des cruches
et toute sorte d'ustensiles, dit à ma femme :
« Ta fille s'est mariée avec un baron. »
Ma femme dit alors : « Quelle chance!
» Serait-ce vrai? Elle s'en alla chez des étrangers
» pour servir ; et elle nous oublia.
» O Edia, quand tu porteras
» les serpents au Sanctuaire,
» descends jusques à Anversa
» et salue de ma part l'oublieuse. »
Et ainsi je m'en vins, faisant ma chasse
aux flancs des monts et dans les prés d'Angiora,
et tout du long de la vallée du Vado et du Pardo,
du Giovenco au Luparo.
Edia, que de montagnes tu as gravies,
que de rivières tu as passées à gué
pour revoir la chienne insensée!

GIGLIOLA

Mais que veux-tu d'elle? que lui demandes-tu?

L'HOMME

Edia ne veut rien. Le charmeur ne demande
ni gorgée d'eau, ni bouchée de pain.
Il ne s'arrête point sur les seuils. Il passe.
Il est frère du vent. Il parle peu. Il sait retenir
son souffle. Il tombe sur la proie. Il a des serres
de milan, la vue longue. Un petit signe
lui suffit. Pourquoi tremble le fil d'herbe,
il le comprend. Il suit l'engeance
qui, sans laisser de trace, s'enfuit.
Ce que nul autre n'entend, il l'entend,
non par l'oreille, mais grâce à un esprit
qui est en lui. Il ne module qu'un chant
sur sa flûte en os de cerf ; mais ce chant
personne ne le connaît :
lui seul le connaît et ses morts l'ont su.
Et c'est notre privilège, et c'est notre secret.
Et d'autre chose il n'a souci, non plus
que de la peau jetée par la couleuvre.

Il fait le geste de dénouer un de ses sacs et il y enfonce la main.

GIGLIOLA

Mais que vas-tu sortir
à présent, de ce sac?

L'HOMME

Pas des aspics. Sois brave,
fillette. Ce ne sont pas des aspics.

GIGLIOLA

Je suis brave,
Edia Fura. Et si c'étaient
des aspics, et si quelqu'un enfonçait
là-dedans les mains
tout à coup, ainsi,
mordraient-ils?

L'HOMME

Certes ils mordraient,
jusqu'à laisser dans la veine leur dent.
Et tu serais sans salut,
même après avoir bu
l'eau de la citerne sainte
par baquets.

GIGLIOLA

Et pourquoi?

L'HOMME

Parce que, de la morsure
d'un aspic, l'homme immunisé
peut guérir; mais de plusieurs
on ne guérit jamais, par suite de la grande force
du venin qui se répand
aussitôt et prend la cime du cœur,
et fait la gangrène noire.

GIGLIOLA

Et toi, dans tes sacs,
tu en as de cette sorte,
Edia Fura? Ou bien fais-tu ta proie
des seules couleuvres inoffensives?

L'HOMME

A tort tu me railles, petite baronne. J'en ai.
J'ai deux vipères de marais et trois aspics.

GIGLIOLA

Sans dents?

L'HOMME

A tort tu me railles. Le mâle de ces vipères,
au milieu du corps, est presque
aussi gros que ton poignet. Cendré,
il a le grand cercle noir et la croix.
En cinquante ans, Edia n'en vit jamais un
aussi hardi. Il n'est pas encore sensible
au charme.

GIGLIOLA

Dis-tu vrai?

L'HOMME, *mettant la main sur un des sacs.*

Je vais lui donner la liberté
et aux quatre autres.

GIGLIOLA, *sans s'effrayer.*

Bien. Montre-les.

L'HOMME

Tu es brave.

GIGLIOLA

Je suis brave, Edia Fura... et voici le sac
de la grande mort, celui-ci, qui est lié
avec un cordon vert? Et comment s'ouvre-t-il?

L'HOMME

Laisse, fillette. Celui-ci
n'est pas pour toi. Je te montrerai, si tu veux,
une vipérine, une coronelle,
une couleuvre d'Esculape.

GIGLIOLA

Et, dis-moi : si un homme non immunisé
dénouait le cordon et follement
enfonçait dans le sac ses deux mains,
en combien de temps mourrait-il?

L'HOMME

En peu de temps,
fillette.

GIGLIOLA

Pas tout de suite?

L'HOMME

Pas tout de suite.

GIGLIOLA

Mais en combien de temps?

L'HOMME

Peut-être en une heure, peut-être en moins ou plus,
c'est selon...

GIGLIOLA, comme à elle-même.

Il aurait le temps...
d'accomplir la chose résolue.

L'HOMME

Quelle chose? Que veux-tu dire?

GIGLIOLA

Un bouvier aurait le temps
de dételer ses bœufs et d'en prendre soin?

L'HOMME

Certes oui.

GIGLIOLA

Mais là, où tu as la main,
il y en a de cette sorte?

L'HOMME

Fillette, ce ne sont pas
des serpents; ce sont des cadeaux.

GIGLIOLA

Quels cadeaux?

L'HOMME

Les miens.
Je te disais qu'Edia
ne veut rien. Il ne demande pas,
mais il donne. J'avais apporté pour l'épousée,
ce peigne. Regarde.

GIGLIOLA

Il est beau.

L'HOMME

Que le vent
de la sécheresse lui déchevelle la tête!

GIGLIOLA

A double rangée de dents, avec le dos
entaillé de cerfs et de lions...

L'HOMME

Et ce collier. Regarde.

GIGLIOLA

Oh! comme il est léger.

L'HOMME

Qu'il soit sur son col un joug
de bronze!

GIGLIOLA

Des grains d'or jaune et des perles
en verre, couleur de mer.
De qui le tiens-tu?

L'HOMME

Et vois : cette longue aiguille.

GIGLIOLA

C'est une aiguille à chevelure ; on dirait un stylet.

L'HOMME

De part en part qu'il lui perce la gorge!

GIGLIOLA

Edia, que dis-tu?

L'HOMME

C'est un vain mot
que dit Edia... Et ce petit vase
de verre, regarde! qui jette des lueurs
comme la peau des couleuvres à midi.

GIGLIOLA

Pour le baume.
Mais où trouvas-tu ces choses?

L'HOMME

Au-dessus de Luco, il est une montagne escarpée,
pleine de serpents, nommée Angizia,
comme ta marâtre,
où je grimpe pour chasser. Il y avait là
une ville, dans les temps, une ville
de rois devins. Et, là-haut,
en cherchant dans un endroit creux,
je découvris, autour d'ossements,
trois vases de terre noire bouchés.
Et dans le premier je trouvai du froment, dans l'autre
des peaux de raisin et des miettes de fèves,
dans le troisième ces choses que je te donne.

GIGLIOLA

C'est à moi que tu les donnes?

L'HOMME

A toi. Je n'ai plus de fille.

GIGLIOLA

Je prends l'aiguille seule. Elle porte une tête
de marcassin. Elle est belle.
Edia, tu es mon parent.

L'HOMME

Prends tout.

GIGLIOLA

L'aiguille seule. Et en échange je te donnerai
cet anneau avec un vrai rubis.

L'HOMME

Non. Garde-le à ton doigt. Le mien n'y entrerait pas.
Laisse-moi, en place, ce mouchoir
que tu m'as noué autour de la main.

GIGLIOLA

Edia!

Elle a un rire convulsé.

L'HOMME

Et que me veux-tu dire? Ton rire est étrange,
illette. Qu'as-tu?

GIGLIOLA

Laisse-moi pour ce soir ce sac
au cordon vert. Je voudrais
faire peur à mon frère
quand il rentrera, et puis rire avec lui.

L'HOMME

Quel penser te traverse l'esprit?
Tu ris et tu pâlis...

GIGLIOLA

Attention! Ta fille vient.

Elle glisse dans sa robe l'aiguille ; et, tandis que le charmeur se lève et se retourne, elle s'empare du sac et le cache derrière elle, en s'adossant au pilier.

Scène II

Parait sous la porte de gauche ANGIZIA *suivie de* BERTRANDO ACCLOZAMORA

ANGIZIA, *criant.*

Ah! toujours cet homme!
Qui est-il? Gigliola, maintenant tu fais
entrer dans la maison les mendiants et les voleurs
des routes?

L'HOMME AUX SERPENTS

Ne crie pas,
femme. Si cet homme est ton mari...

ANGIZIA

Non.
C'est mon beau-frère. Et que veux-tu?

L'HOMME

Je ne veux rien. Si cet homme est ton beau-frère,
ne crains rien, femme. Je ne lui dirai pas
que le charmeur de Luco
est ton père.

ANGIZIA

Bertrando, c'est un mendiant
qui divague. Oui,
à présent je me le rappelle. Dans le pays,
les vauriens couraient derrière lui
pour lui faire des farces.

BERTRANDO

Va-t'en, homme.
Prends tes besaces nauséabondes
et sors sans dire mot.
Et que je ne te surprenne pas une autre fois
ici ou dans le voisinage.

L'HOMME

Seigneur, tu es dans ta maison. C'est mal,
pour la terre qui est autour de tes portes,
c'est mal de menacer
celui qui ne te nuit pas,
devant cette jeune fille hospitalière.
Je sors, et je ne reviendrai plus.
Je me déchausserai quand j'aurai passé ton seuil,
et jetterai dans le torrent mes sandales.

A Angizia.

Mais toi, femme, pour cette tache de sang
qui est sur le lin donné,
écoute-moi. Je te le dis : comme il est certain
que le soleil en cet instant se couche,
ton destin est accompli. Prépare-toi.
Celui que tu as renié et lapidé
brûlera le berceau de chêne
où il te berça ; ton berceau
qui est encore attaché au bois
du grand lit avec la corde usée ;
et il y a dedans les grains de froment
et les grains de sel et les miettes de pain
et la cire. Pourtant ce n'est pas dans le foyer
qu'il le brûlera, mais dans le carrefour, aux vents,
dans le carrefour où aboient les chiens.
Et que tu sois dispersée comme cette cendre.
Et que la nuit vienne sur toi,
avec un frisson et un sanglot.

La femme, terrifiée par l'imprécation paternelle, s'est courbée, les épaules tournées vers son père. Elle s'écroule sur elle-même.

BERTRANDO

Va-t'en,
sors!

Il fait le geste de le prendre par le bras.

L'HOMME

Ne me touche pas!
Je sors et je ne reviendrai plus.

A Gigliola.

Je te dis adieu ; porte-toi bien, jeune fille sainte
et hospitalière, toi qui m'as soigné.
Sois courageuse.

Il se dirige vers la grille.

BERTRANDO

Où vas-tu?

L'HOMME

Ne me touche pas. Je m'en vais.

BERTRANDO

Pour te mettre encore en aguet dans l'herbe?
Passe de ce côté, par l'escalier;
et non par-dessus les murs, comme les voleurs.

L'HOMME

Monseigneur, laisse-moi partir! C'est mal
ce que tu fais. Par où je vins,
je m'en vais. Je ne poserai pas
le pied sur un autre seuil. Je passerai par la brèche.

BERTRANDO

Coquin, je te dis de passer
de ce côté!

L'HOMME

C'est mal,
c'est mal. Tu es dans ta maison.

BERTRANDO

Tu entends?
ou je te traîne, je te jette dans la cour.

L'HOMME

Ne me touche pas. Prends garde.

Bertrando pose la main sur lui ; Edia se libère d'une secousse et s'éloigne. L'autre le suit, menaçant.

BERTRANDO

Oh! chien! tu auras ta raclée!

Tous deux disparaissent derrière les cyprès, dans la lueur du couchant.

Scène III

GIGLIOLA est toujours adossée au pilier, les mains derrière elle, dissimulant le sac en peau de chèvre. ANGIZIA sort de sa sombre rêverie, elle se redresse, se retourne ; elle marche comme dans un nuage. Elle voit GIGLIOLA, encore adossée au pilier ; et elle s'arrête.

ANGIZIA

Et que fais-tu là? Tu ne bouges pas?

Elle s'approche d'elle.

C'est toi,
toujours toi! Tu ne bouges pas? Tu ne parles pas?
A quoi penses-tu?

GIGLIOLA

Tu le sais,
Je pense à une seule chose.

ANGIZIA

Tu veux la guerre? Tu l'auras.
C'est toi, pour me faire honte, c'est toi
qui l'as appelé, cet homme.
Il aurait dû te prendre,
t'enfermer dans une de ses besaces
avec tes compagnes, ô vipère livide,
et t'emporter avec lui!
Mais, de ce que tu m'as fait,
je tirerai vengeance :
n'en doute pas!

GIGLIOLA

Servante,
ce n'est plus le temps des querelles. Pense
à ce que t'a prédit
l'homme aux besaces nauséabondes.
Redoute la nuit.

ANGIZIA

Je sais
de quoi tu m'as accusée
à ton père. Ton oncle
aussi le sait. Tu verras,
tu verras.

GIGLIOLA

Redoute la nuit.

ANGIZIA

Tu crois que je ne dormirai plus. Je hausse
les épaules. Je me sens forte. J'ai faim et sommeil.
Je dormirai comme un roc.

GIGLIOLA

Ce sera bientôt l'heure.

Le silence se fait. Angizia se tient aux écoutes. Elle ne réussit pas à vaincre le poids qui l'accable.

ANGIZIA

Et Bertrando n'est pas
encore revenu.

Elle guette sous l'arcade vers le jardin.

Peut-être
passe-t-il par les terrasses des Lions.

Elle écoute encore, inquiète, puis secoue les épaules.

Tu restes là?

GIGLIOLA

Je reste.

ANGIZIA

Et puis?

GIGLIOLA

Rien.

ANGIZIA

Et que fais-tu?

Gigliola ne répond pas.

Tu as envoyé un courrier à Cappadòcia.
Et pourquoi?

Gigliola ne répond pas. La femme la regarde avec des yeux investigateurs.

Tu ne réponds pas?
Tu es presque verte. Ton visage s'est fait
petit et fermé comme le poing.

Elle la scrute encore. Gigliola reste immobile et impénétrable.

Je m'en vais.
Nous nous reverrons.

GIGLIOLA

Certes! Va.

Angizia monte l'escalier. Gigliola s'écarte du pilier, écoute. Rapidement elle va vers l'amoncellement des papiers et y cache le sac dérobé au charmeur de serpents. Dans le silence, on perçoit les voix confuses des manœuvres au travail. Puis on entend monter de l'escalier d'en bas la voix anxieuse de Simonetto.

LA VOIX DE SIMONETTO

Gigliola!
Gigliola!

Scène IV

SIMONETTO entre et se jette dans les bras de sa sœur, éperdument.

GIGLIOLA

Me voici. Qu'as-tu? Qu'as-tu?

SIMONETTO

Gigliola!

GIGLIOLA

Mais qu'as-tu? Que t'arrive-t-il?
Comme ton cœur bat!
Tu as le front couvert de sueur.
Pourquoi as-tu couru? Parle.
Où est Annabella? Calme-toi.

SIMONETTO

Rien,
je n'ai rien... Mais une angoisse,
une angoisse m'est venue à l'improviste,
je ne sais pourquoi, une angoisse vers toi,
pour toi... je ne sais... Gigliola!

GIGLIOLA

Oh! chéri, chéri, assieds-toi. Je suis là.

ANNABELLA, entrant.

Ah! ma fille, une autre fois
je ne l'accompagnerai que si tu viens,
toi aussi. Il m'a donné une épouvante!
Tout à coup il s'est mis
à courir désespérément...

GIGLIOLA

Mais pourquoi?

SIMONETTO

Je ne sais. Laisse, Annabella,
ne me gronde pas. A présent, je suis bien ici.

A Gigliola.

Tu m'avais dit que tu me rejoindrais.

GIGLIOLA

Je n'ai pas pu. Tu sais? J'ai préparé
la chambre.

SIMONETTO

Ah! vraiment?

GIGLIOLA

J'ai expédié un courrier à Cappadòcia
pour que tante Costanza vienne
tout de suite te chercher elle-même...

SIMONETTO

Et toi,
tu ne viendras pas? Et maman Aldegrina?

GIGLIOLA

Grand'mère
se sent un peu mal.

ANNABELLA

Que dis-tu, ma fille?

GIGLIOLA

Oui, elle s'est couchée.
Va près d'elle, Annabella; car elle t'a déjà demandée plusieurs fois.

ANNABELLA

Est-ce possible?

Les deux femmes se regardent. Annabella sort par la porte de gauche.

SIMONETTO

Alors, j'attends qu'elle se lève. Pendant ce temps,
garde-moi avec toi.

GIGLIOLA

Tu vas mieux, n'est-ce pas?

SIMONETTO

Dans ta chambre
cette femme n'entre jamais, elle ne peut
entrer. Tu fermes la porte à clé.

GIGLIOLA

Tu peux en être certain. Sois tranquille :
elle n'entrera jamais plus. Je te le promets.

SIMONETTO

Depuis cette nuit
que je la vis tout près de moi,
penchée sur mon oreiller,
presque dans mon souffle,
épiant mon sommeil entre mes cils,
ah! Gigliola, depuis cette fois-là, toujours
je me suis endormi avec la terreur
de la revoir...

GIGLIOLA

Tu ne la reverras plus.
Tu te sens mieux, n'est-ce pas?

SIMONETTO

Oui, un peu mieux.

GIGLIOLA

Tu te sens plus fort?

SIMONETTO

Oui, un peu.

GIGLIOLA

Tu as marché. Même tu as pu courir.

SIMONETTO

Il est beau, le Sagittaire, tu sais! Il se brise
et il écume en tombant sur les rochers. Il mugit,
il entraîne des arbres, des toits de chaume,
jusqu'à des brebis et des agneaux
qu'il a ravis à la montagne. Il est beau, tu sais!

GIGLIOLA

Ah! ton âme se ravive!

SIMONETTO

Toutes les vitres des maisons de Castrovale
flamboyaient sur le rocher rouge.

GIGLIOLA

Tu as regardé le soleil?

SIMONETTO

Les manœuvres
ont allumé les torches et les bassines
de poix sous les loggias. Et un groupe
se tenait penché pour regarder,
au milieu des étincelles, le bon roi Robert
tombé de sa niche, tout armé,
avec sa tête coupée...

Gigliola se lève, agitée, va et vient.

Où
vas-tu?

GIGLIOLA

Simonetto!

SIMONETTO

Sœur, que veux-tu me dire!
Pourquoi es-tu si pâle?

GIGLIOLA

La maison s'écroule.
Tu sens la grande ruine.
Tu l'as vue, à la lueur des torches funèbres.
Ta maison se meurt.
Ne les aimes-tu pas, tes vieilles murailles?
Tu es le dernier des Sangro
d'Anversa : tu es l'héritier.

SIMONETTO

Gigliola, l'héritier aussi se meurt.
Et dans tous ces papiers il y a l'odeur
de la mort.
J'ai froid et je suis las.

Sa sœur s'agenouille devant lui.

GIGLIOLA

Pardonne-moi, frère. Je t'ai parlé
toujours comme à un doux
enfant. Ne te souvient-il pas
quand, le soir, dans notre chambre,
je t'aidais à délacer tes chaussures?
Et je restais devant toi, ainsi,
comme je suis à présent, longtemps, longtemps,
à parler. Et tu me retenais
quand je voulais me lever,
et tu me disais : « Reste encore un peu! »
Et il se faisait tard. Et notre mère, alors,
entendant nos voix, venait
à la porte et nous criait : « Au lit! Au lit! »
Et tu lui répondais : « Encore un peu. »
T'en souvient-il?

SIMONETTO

Oui.

GIGLIOLA

« Que te raconte
Gigliola? », disait-elle.
« La fable du Roi aux sept voiles! »
Et elle se montrait sur la porte,
avec son visage tendre,
avec son cou si mince qu'il paraissait
légèrement bleu, tant il était veiné...

Sa gorge se serre.

T'en souvient-il?

SIMONETTO

Oui, oui.

GIGLIOLA

Oh! pardonne-moi,
chéri! C'est un enfant doux
que tu es encore pour moi.
Et je suis ici, je suis ici, comme alors,
à tes pieds ; et je te parle.

SIMONETTO

Dis-moi, dis-moi...

GIGLIOLA

Mais tâche de m'écouter
avec une âme forte.
Il faut que dans le fond
de ton sang pur tu retrouves
ton courage.

SIMONETTO, *anxieusement.*

Maman Aldegrina se sent
très mal? Elle est en danger?

GIGLIOLA

Non, ce n'est pas cela. Dis-moi : aujourd'hui
tu es allé dans la chapelle pour prier?

SIMONETTO

Gigliola,
tu le sais : sans toi, je ne peux. Nous allons
y aller ensemble.

GIGLIOLA

Tu as pensé à Elle,
aujourd'hui?

SIMONETTO

Oui, sœur.

GIGLIOLA

Tu l'as vue?

SIMONETTO

Dis-moi, toi, comment je dois
fermer les yeux pour la voir.

GIGLIOLA

Toujours
je la vois.

SIMONETTO

En rêve, moi aussi.

GIGLIOLA

Je la vois
avec mes yeux ouverts.

SIMONETTO

Où?

GIGLIOLA

Partout. Elle ne repose pas,
elle n'a point de trêve. La pierre
pesante ne suffit pas pour l'emprisonner
dans les ténèbres. Nos prières ne l'apaisent pas.
Elle ne peut dormir en paix, et ne me laisse pas
prendre mon sommeil. Frère,
durant cette année de deuil et de honte,
j'ai senti bien des choses
mourir tandis que j'errais
à travers la maison qui toute va finir,
et une seule vivre, une seule.
Et sais-tu laquelle? Cette sépulture.

SIMONETTO

Oh! Gigliola, Gigliola,
je ne partirai pas, nous ne partirons plus.
Comment la quitter si elle n'a plus de repos?
C'est à cause de celle qui a pris sa place,
à cause de la femme intruse, n'est-ce pas?
Et que ferons-nous? Qui la chassera?
Je suis trop faible, sœur ;
et notre père est l'esclave
de celle qui servait.

GIGLIOLA

Simonetto...

SIMONETTO

Parle! Comme il tremble,
ton pauvre menton
amaigri!

GIGLIOLA

Tu n'as jamais eu
soupçon?...

SIMONETTO

Mais de quoi?

GIGLIOLA

Quand ils te tinrent
éloigné, quand il te fut dit comment
elle était morte... par pitié pour toi,
par pitié pour ton âme ignorante...
Ce fut un mensonge.

SIMONETTO

Parle!
Ote-moi cette angoisse.

GIGLIOLA

Pardonne-moi, pardonne-moi, frère.
Il est nécessaire que je te fasse
tout ce mal.

SIMONETTO

Mais dis-moi!

GIGLIOLA

Notre mère fut
tuée.

Avec un grand sursaut de tout son corps, Simonetto se lève ; puis il vacille et retombe assis, en balbutiant.

SIMONETTO

Tu as dit? tu as dit? tu as dit?

GIGLIOLA

Elle fut
tuée. Aie du courage, aie du courage. Serre les dents.

SIMONETTO

Oui. Parle.

GIGLIOLA

Attends, attends. L'angoisse te suffoque.

SIMONETTO

Non. Parle. Je veux savoir. Dis-moi tout.

GIGLIOLA

Attends.

SIMONETTO

Je veux savoir.

GIGLIOLA

Tu es de feu,
de glace. Allons,
allons dans notre
chambre. Simonetto.
Viens. Je te porterai.

SIMONETTO, *impérieusement, avec une force soudaine.*

Non. Je veux savoir.

GIGLIOLA

C'est l'heure, voici l'heure. Voici la nuit.

Une pause.

Ce fut dans la chambre d'Alcesti... La femme
était là qui cherchait des vêtements
dans le coffre; et elle semblait ne pas trouver. Alors,
elle se tint sur le seuil, en aguet; et elle appela.
Le coffre était ouvert;
le couvercle était soulevé;
le piège était prêt.
Du seuil, elle appela. Notre mère vint;
elle entra sans soupçon; elle se pencha
pour chercher. Le bourreau
la prit à l'improviste, lui fit tomber
le couvercle sur le cou;
appuya, étouffa
le dernier cri...

De nouveau, avec un grand sursaut, Simonetto se lève; transfiguré.

SIMONETTO

Ah! la mort, la mort! Donne-moi,
donne-moi... quelque chose pour frapper, donne-moi
de quoi tuer!... J'irai,
je courrai!... Je me sens fort.
Laisse-moi!... Et tu savais, tu savais!
Et tu m'as menti,
toi aussi, tu m'as tenu
dans le mensonge affreux. Et toute une année
(pour ton âme une éternité
de torture et d'infamie),
tu as pu vivre, tu m'as fait
vivre face à face,
vivre presque entre les mains
qui ont étranglé!... Oh! Oh! Oh!
Et mon père, mon père...
Vite, donne-moi, donne-moi quelque chose...
Il faut que je coure...
que je la cherche... Où est-elle? Je la prendrai
par les cheveux! Je la traînerai
jusqu'à cette tombe! sur la pierre même,
je l'abattrai! je l'achèverai!...

La violence le suffoque. Il vacille et perd l'équilibre.

Ah! Ah!
Qu'est-ce que c'est? Gigliola!
Gigliola! Mon âme s'en va... Aide-moi, toi!
Je ne pourrai pas... je ne pourrai pas...
La force! Donne-moi la force! Gigliola!

Un sanglot lui brise la poitrine.

Oh! Oh! Oh! Je suis un pauvre malade...
Oh! Oh! Je ne peux que mourir...

Il se laisse tomber entre les bras de sa sœur et sanglote désespérément.

RIDEAU

ACTE IV

Le même lieu, après le coucher du soleil.

Scène première

Entre par la porte de gauche BENEDETTA qui porte une lanterne où sont allumés plusieurs lumignons. GIGLIOLA sort de la chapelle et passe entre les mausolées de l'arcade. Tout absorbée dans sa pensée terrible, poussée par une extraordinaire force de volonté finale, elle va dans l'ombre, tout droit vers l'amoncellement des papiers où est caché le sac des aspics. Apercevant la femme dans la lueur vacillante, elle s'arrête soudain, avec un cri étouffé.

GIGLIOLA

Ah! qui es-tu? Qui es-tu?

BENEDETTA

C'est moi, Benedetta.

GIGLIOLA

Benedetta, c'est toi? Que veux-tu? Pourquoi viens-tu?

BENEDETTA

J'ai apporté la lanterne. Il fait sombre.
Dix heures viennent de sonner.

Elle pose la lanterne sur la table encombrée.

GIGLIOLA

Et qu'as-tu à me dire? Simonetto s'est-il calmé?

BENEDETTA

Non. Il délire encore. Oh! quel tourment,
quel tourment! Il te veut. Il t'appelle toujours.

GIGLIOLA

Et tu l'as laissé tout seul?

BENEDETTA

Annabella est restée à son chevet.

Elle s'approche de Gigliola et la regarde.

Mais toi, mais toi, tu es plus mal
que ton frère!
La fièvre te dévore
les yeux.

GIGLIOLA

A cette heure, la maison était pleine
de lamentations et de pleurs. T'en souvient-il?

BENEDETTA

Ma fille,
tu me fais peur. Reviens à toi.

GIGLIOLA

A cette heure,
une pauvre chose broyée
était là, sur un lit blanc...

BENEDETTA

Ma fille,
le châtiment viendra. Ne désespère point.

GIGLIOLA

A cette heure, la bouche
la plus douce qui ait jamais
fait entendre, en remuant
à peine, les paroles muettes
qui, sans que l'on sache comment,
se séparent du cœur, t'en souvient-il?
était déformée, devenue horrible
tant elle était déchirée ; enveloppée, si mal!
pour que je ne la voie pas,
moi qui ne voyais qu'elle au monde...

BENEDETTA

Ma fille,
ne regarde pas ainsi fixement : tu me fais
peur.

GIGLIOLA

Mais elle m'appelle,
elle m'appelle! Benedetta,
toi aussi tu lui étais chère.
Embrasse-moi pour elle,
Sois fidèle à ce pauvre petit...

BENEDETTA

Va près de lui, car il te veut. Ne reste plus ici.
Si tu n'y vas pas, il ne se calmera point.

GIGLIOLA

J'irai. Mais tu dois
m'aider.

BENEDETTA

Ordonne.

GIGLIOLA

Allume, là, dans la chapelle,
tous les candélabres, toutes
les lampes. Que je trouve la grande lumière
quand je reviendrai. Va.

BENEDETTA

Je ferai comme tu le veux.
Tu trouveras tout allumé.
Que l'âme sainte te protège.

GIGLIOLA

Va.

Elle la pousse vers la porte ; elle s'arrête pour la regarder. Puis, comme la femme disparaît, elle se retourne ; elle marche vers l'amoncellement des papiers ; elle s'agenouille, tâtonne, retrouve le sac mortel, tout en parlant à demi-voix comme celui qui prie, avec une ferveur héroïque qui l'illumine.

Mère, toutes les lampes,
Mère, toutes les torches pour le sacrifice,
en cette heure qui n'aura pas son égale!
J'ai connu
le lent dépérir,
grain par grain,

en respirant la poussière
des choses consumées,
pendant un an.
Mère, maintenant donne-moi
la force de venir
à toi calmée, à toi
pacifiée, à toi
qui laissas dans mon âme
la vocation
de la mort. La mort,
je la mettrai moi-même sur mes talons,
en allant à la vengeance,
afin que je ne puisse revenir,
ni reculer, ni m'arrêter.
Et comme ton trépas fut atroce,
ainsi je veux
le mien, mère, pour moi
qui ne veillai point sur toi,
qui ne sus point te préserver.
Et d'autant plus cruel
sera le supplice,
d'autant plus il me semblera
être près de toi, en toi
me rejoindre, en toi
me confondre, redevenir
une seule chose
avec toi, ô mère,
comme au temps où tu me portais
dans ton silence sacré.

A demi cachée par l'amoncellement des parchemins, presque roidie par l'effort inhumain pour vaincre son effroi, elle dénoue le cordon vert, enfonce les deux mains dans le sac mortel. L'horreur et le spasme contractent les muscles de son visage exsangue ; mais elle coupe avec les dents le cri de l'instinct rebelle.

C'est fait.

Elle a la force de refermer le sac et de le lier.

Mère, tu m'as donné le courage.

Elle se redresse ; elle marche ; elle soulève par l'anneau de bronze le couvercle de la prise d'eau, près de la fontaine de Joyzelle ; elle plonge le sac dans ce vide ; elle laisse retomber le disque de pierre. Elle cherche l'aiguille dans les plis de sa robe.

Mère, assiste-moi encore!

On entend derrière la porte de gauche la voix d'Annabella.

LA VOIX D'ANNABELLA

Benedetta!
Benedetta!

Résolument, celle qui va mourir s'élance, monte l'escalier obscur, disparaît.

Scène II

ANNABELLA entre par la porte de gauche.

ANNABELLA

Il n'y a personne! Où
es-tu, Benedetta?

Benedetta accourt sur le seuil de la chapelle illuminée.

BENEDETTA

Me voici. Je suis là.
Qui m'appelle? Que veux-tu?

ANNABELLA

Gigliola est ici?
Appelle-la. Simonetto
ne fait que délirer.
Je ne peux plus le tenir.

BENEDETTA

Mais elle est près de lui. A l'instant
elle était là; elle m'a dit
d'allumer les lampes;
et elle est allée près de lui.

ANNABELLA

Je viens
de la chambre, et ne l'ai point vue.

BENEDETTA

Comment!
Tu ne l'as pas rencontrée, en bas, dans le corridor?

ANNABELLA

Non, te dis-je! Ah! quelle anxiété!
Puisse venir l'aube
de cette triste nuit!

BENEDETTA

Et où sera-t-elle
allée? Peut-être chez sa grand'mère.

ANNABELLA

Je suis
passée par la chambre de Donna Aldegrina :
et elle n'y était pas.
Il y avait dans le corridor Don Tibaldo,
devant la porte de sa mère,
qui m'a fait peur,
planté là, sans se mouvoir,
sans parler ; et il n'entrait pas...
Je ne l'ai jamais vu avec ce visage...

BENEDETTA

Oh! destin, destin!
Finir ainsi, cette grande maison.

ANNABELLA

Don Bertrando n'est pas rentré
et l'on ne sait pourquoi.
Un manœuvre dit l'avoir entrevu, là,
sous les cyprès, au coucher du soleil,
avec ce charmeur de serpents;
et qu'à ses gestes il semblait furieux,
comme s'il avait voulu
le battre... Mais les Marses
ont les os durs. Et qui sait ce qui peut être
advenu!

BENEDETTA

Il n'y aurait pas de grandes
lamentations pour lui dans la maison
des Sangro.

ANNABELLA

Vois, vois, dans le jardin,
ces torches!

BENEDETTA

Que fait-on?

ANNABELLA

Entre les cyprès :
vois-tu? Peut-être que les manœuvres
le cherchent.

Elle s'arrête sous l'arcade médiane, devant la grille ; et elle regarde. Puis, reprise par l'anxiété, elle se retourne.

Mais où donc Gigliola
sera-t-elle allée? Je vais monter.

BENEDETTA

N'as-tu pas entendu un cri?

ANNABELLA

Non. Ce sont les hommes
qui s'appellent.
Ecoute... A présent, c'est le silence.
Entends-tu la rumeur du torrent
et la goutte qui tombe
là, dans la fontaine de Joyzelle?...
C'est le premier quartier de la nouvelle lune.
Mélancolie! Mélancolie!

BENEDETTA

Le cœur
me tremble. J'ai toujours dans les oreilles
des cris.

ANNABELLA

La comtesse Giovanna, là-haut, dans sa prison...
Mais d'ici l'on n'entend pas.

BENEDETTA

Si tu montes, je vais...

ANNABELLA

Tais-toi!

Scène III

Elle a entendu un bruit de robe dans l'escalier. Toutes deux frissonnent. Apparait soudain GIGLIOLA, *méconnaissable. Les femmes, effarées, jettent un cri.*

BENEDETTA

Oh! ma fille, qu'as-tu fait?

GIGLIOLA

Annabella, Annabella,
où as-tu laissé Simonetto?
Où l'as-tu laissé?

ANNABELLA

Dans la chambre.

GIGLIOLA

Quand?

ANNABELLA

A l'instant. Je suis venue pour te chercher.
Il appelle ; il te veut.

GIGLIOLA

Il n'a point bougé
de son lit?

ANNABELLA

Non, point.
Jusqu'à présent je suis restée à son chevet.
Et avant moi il y avait Benedetta.

GIGLIOLA

Et maintenant?

ANNABELLA

Ma fille, ma fille, qu'as-tu
fait?

BENEDETTA

Dieu, Dieu, ses mains!
Que lui a-t-on fait aux mains?

GIGLIOLA

Où est
mon père? Qui a tué cette femme? Qui l'a tuée?

ANNABELLA

De qui parles-tu? De l'âme
sainte?

GIGLIOLA

Non, de cette femme! Elle est là, morte.

ANNABELLA

Elle a la fièvre. Elle délire!

GIGLIOLA

Je l'ai trouvée morte sur son lit.

ANNABELLA

Elle délire. Et ces plaies
sur ses mains... Oh! malheur
sur nous!

GIGLIOLA

Non, je ne délire pas, je ne délire pas
encore. Je l'ai trouvée morte.

Son père paraît à la porte de gauche. En le voyant, dans un éclair elle comprend.

Toi!
Son sang est sur toi!

Le père est mortellement pâle, sa voix est sourde, mais ferme.

TIBALDO

Oui, moi, je l'ai tuée.
Son sang est sur moi. Je t'ai vengée.

GIGLIOLA

Tu ne devais pas, tu ne devais pas! Le vœu
était à moi seule. Victime pour victime.
Tu l'as soustraite à mon droit sacré.

TIBALDO

Pour que ta main
ne se souille pas,
ma fille, j'ai fait cela.

GIGLIOLA

Mais la tienne n'était pas
pure pour ce sacrifice.

TIBALDO

Dans ce sacrifice,
j'ai lavé ma honte.

GIGLIOLA

Tu as scellé ton secret
sur la bouche accusatrice.

TIBALDO

Cette bouche a menti
dans un vomissement de haine,
pour que je sois perdu
dans ton âme...

Gigliola vacille, vaincue par le mal qui la tord. Soudain son visage se décompose comme au début de l'agonie. Les femmes la soutiennent.

ANNABELLA

Dieu! Dieu! qu'arrive-t-il?

TIBALDO

Gigliola!

BENEDETTA

Dieu! Ses mains sont livides;
elles noircissent!

TIBALDO

Gigliola!

ANNABELLA

Les poignets sont enflés,
les bras... Qu'as-tu fait?
Parle?

Gigliola se dégage, domine le spasme, écarte d'elle les deux femmes.

GIGLIOLA

Ne me touchez pas!

BENEDETTA

Oh! malheur, malheur sur nous!

ANNABELLA

Parle!

TIBALDO

O ma fille, aie pitié!

Gigliola parle comme celui qui entre en délire.

GIGLIOLA

Ne me touchez pas!
Je le sais, je le sais.
Vous ne pouvez pas me secourir...
Il n'est point de remède...
Dès le premier pas, je voulus
ne plus retourner en arrière.
Elle m'a appelée, elle m'appelle...
Je dois venir... J'ai le lit
pour mon agonie : la pierre
qui fut fermée par deux...

TIBALDO

Implacable, écoute-moi!
Mon cœur est déchiré.
Moi non plus, je ne survivrai point.
Je te parle déjà du fond de l'ombre.

GIGLIOLA

Malheureuse, toi qui allumas
les lampes, à présent, éteins-les!
Fais l'ombre, toute l'ombre
sur celle qui ne put accomplir
son vœu.

Elle se tourne vers la grille derrière laquelle on voit rougeoyer les torches des manœuvres.

Hommes, éteignez
les torches, renversez-les,
éteignez-les dans l'herbe.
Je n'ai pu,
moi, brandir la mienne
dans mon poing. Tout aura été
vain.

Elle marche vers la chapelle.

Adieu, adieu...

Son père lui barre le passage, en chancelant comme quelqu'un sur le point de défaillir.

TIBALDO

Gigliola!

Sa fille s'arrête pour ne pas se heurter à lui.

GIGLIOLA

Non. Que personne
ne me suive. Adieu!

TIBALDO, *tombant par terre, dans un éclat.*

Passe, passe sur moi!

RIDEAU

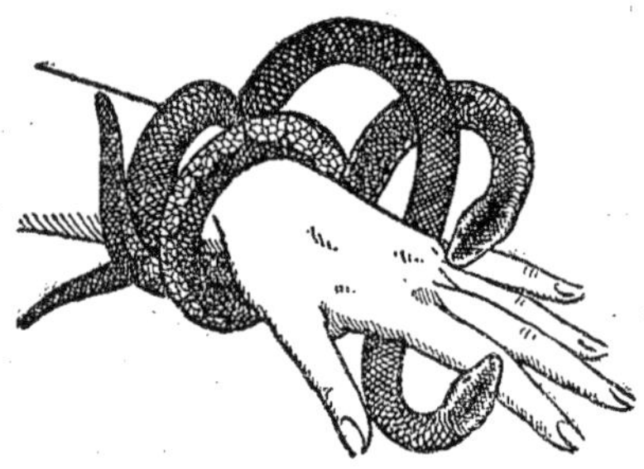

La Torche sous le boisseau à la Comédie-Française.

Le président de la République et le ministre de l'Instruction publique ont assisté, à la Comédie-Française, dans la même loge que l'ambassadeur d'Italie, à la répétition générale de *la Torche sous le boisseau*, et cette représentation a donné lieu à une chaleureuse manifestation d'amitié franco-italienne. Gabriele d'Annunzio avait laissé espérer qu'il quitterait son ermitage pour venir, en avion, prendre part à cette fête de sympathies latines. Du moins adressait-il à M. Poincaré ce télégramme :

« Puisque la Comédie-Française me fait le grand et insolite honneur de m'accueillir, je peux me croire à nouveau reconnu par ma seconde patrie. Et cette générosité rappelle en ma mémoire notre rencontre de guerre au front italien et la croix d'honneur par moi reçue de vos mains sur le champ de bataille. Aujourd'hui, mon sévère et loyal ami, je vous renouvelle ma reconnaissance et mon dévouement. »

Le président du Conseil y répondait en ces termes :

« Très touché de votre aimable télégramme et profondément sensible à l'inaltérable souvenir que vous évoquez, je me réjouis que la représentation d'un de vos chefs-d'œuvre sur la scène du Théâtre-Français fournisse aux Parisiens l'occasion d'acclamer votre nom. Je vous prie de recevoir, avec mes chaleureuses félicitations, la nouvelle assurance de mon admirative amitié. »

Si l'évolution de la politique européenne a donné un sens particulier aux applaudissements qui ont salué l'œuvre du grand poète italien, ce n'est d'ailleurs qu'une coïncidence. que ne prévoyait pas le traducteur de *la Torche sous le boisseau* quand il proposa, voici quelques mois déjà, cette pièce au comité de lecture de notre Théâtre national. Mais il avait justement pensé que, par son éclat littéraire, elle méritait cet honneur.

C'est la première fois que Gabriele d'Annunzio est joué à la Comédie-Française. Il y a néanmoins plus de vingt ans — c'était en 1905 — que M. Lugné-Poe faisait connaître, sur la scène du Nouveau Théâtre, *la Fille de Jorio*, dans la traduction Hérelle (*L'Illustration Théâtrale* a publié la pièce dans son numéro du 18 février 1905), et l'on n'a pas oublié le succès retentissant du *Martyre de saint Sébastien*, en 1911 (voir *La Petite Illustration* du 27 mai 1911), de *la Pisanelle ou la Mort parfumée*, en 1912, au Châtelet, du *Chèvrefeuille*, en 1913, à la Porte-Saint-Martin. Ces trois pièces avaient été écrites directement en français. Après la guerre, Mme Ida Rubinstein, l'inoubliable créatrice de *Saint Sébastien* et de *la Pisanelle* donnait, à l'Opéra, en 1924, la *Phèdre* traduite par M. André Doderet, et l'Œuvre reprenait *la Gioconda*.

***

La Torche sous le boisseau fut écrite aussitôt après *la Fille de Jorio*. On avait reproché à Gabriele d'Annunzio de négliger l'action dramatique pour le lyrisme. Il répondit aux critiques par cette tragédie violente, où le mouvement ne manque assurément pas. Sur son caractère, M. Henry Bidou nous donne, dans le *Journal des Débats*, ces indications excellentes :

« M. d'Annunzio, lettré et esthète, grand poète en outre, a été, un certain moment, obsédé par le drame grec. Que *la Torche sous le boisseau*, avec un titre tiré de l'Evangile, soit une tragédie apparentée à celles de Sophocle, c'est l'évidence. Giglicla et Simonetto, la sœur et le jeune frère, sont Electre et Oreste.

» Or M. d'Annunzio a eu la fortune de trouver dans son propre pays des Abruzzes un peuple archaïque et violent, qui n'était pas indigne de la Grèce des Atrides. Comme le personnage de la *Cità morta*, il a contemplé face à face Clytemnestre et le Roi des Rois. En poésie, l'espace égale le temps. Cette apparition d'un monde primitif, poétique et passionné, si peu qu'elle ait duré, renaît de place en place, comme une hallucination familière, dans toute l'œuvre du poète. Cette vieille maison lézardée, ces générations entassées entre ces murs, ces êtres étranges et retranchés du monde, ces drames qui couvent près du foyer, M. d'Annunzio a plus tard transporté cette vision dans tous les coins de l'Italie, de Volterra à Naples. Mais elle est née dans sa province originelle, au pays de la Pescara.

» Il a donc de quoi faire de la tragédie grecque avec des éléments italiens, et qui vivent encore : peuple sauvage qu'il met à la scène, agité de passions élémentaires. Il n'est pas nécessaire et il serait dangereux de conserver la pureté de la légende grecque. Le poète n'a emprunté à l'Hellade que le décor d'une maison funeste, et la légende de la fille opprimée par l'usurpatrice et qui vengera la mère assassinée. C'est un drame de femmes. Mais M. d'Annunzio puisera tout aussi bien au fond des histoires barbares, comme est celle de la servante épousée ou celle des frères rivaux. Il y a dans toute son œuvre une alternance de thèmes nordiques avec les thèmes mycéniens. »

M. Pierre Brisson dit de même, dans *le Temps* :

« Le théâtre, dans l'ensemble de l'œuvre de G. d'Annunzio, occupe une place importante. Ce n'est pas là peut-être que l'auteur de *l'Intrus* s'est le plus exactement réalisé, mais ses drames forment encore un monument lyrique d'une richesse admirable. On reconnaît en eux le souffle de la tragédie grecque. Une pièce comme *la Ville morte* n'est qu'une résurrection de l'histoire affreuse des Atrides, et *la Gioconda*, un mythe qui s'achève en fait divers. Une sorte de fureur sanglante semble animer parfois les personnages. On retrouve le barbare fastueux qui marque un des aspects de d'Annunzio. Son génie propre est fait d'un tumulte de contrastes. Il y a en lui un païen raffiné et un mystique, un virtuose intellectuel et un capitaine d'aventures... »

Quant au choix même de l'œuvre et à sa présentation par la Comédie-Française, M. Antoine les apprécie en ces termes dans *l'Information* :

« Gabriele d'Annunzio écrivit cette *Torche sous le boisseau* il y a une vingtaine d'années et, à ceux qui s'étonnèrent que l'on ait choisi dans son œuvre cette tragédie toute nue et toute sanglante, on peut opposer l'indiscutable succès qu'elle a remporté près du public de la Comédie-Française. C'est un drame domestique se déroulant dans ces sauvages Abruzzes où flamboient les passions exacerbées par un climat et des paysages farouches. Déjà, chez nos voisins, l'Ecole sicilienne avait apporté à la scène des tableaux tumultueux et passionnés, mais ces œuvres, profondément réalistes, n'atteignaient point à la grandeur presque rituelle du génie de d'Annunzio. Cette *Torche* s'est allumée au grand foyer du Théâtre grec et éclaire de monstrueux descendants des héros d'Eschyle et de Sophocle...

» Cette pièce, tout entière composée de paroxysmes, ne pouvait être jouée, comme elle l'a été, qu'avec une véhémence éperdue qui a surpris certains spectateurs de la générale, ayant depuis longtemps perdu le contact avec les thèmes antiques. Quelques-uns ont donc injustement incriminé le mouvement et le ton imprimés à l'œuvre par le metteur en scène de la Comédie, et cependant ce parti pris était le seul acceptable pour traduire l'embrasement d'une pareille atmosphère. Le grand caractère de la mise en scène acheva de sauver l'ouvrage des mélopées et des ronrons habituels ; il ne reste qu'à admirer la conviction, le courage d'un effort d'ensemble qui fait le plus grand honneur à la Comédie. »

Pour M. Etienne Rey, de *Comœdia* :

« Il faut louer sans réserves la Comédie-Française d'avoir accueilli cette œuvre violente et belle. D'Annunzio reste aujourd'hui, avec Maxime Gorki, le grand nom européen, une des gloires les plus hautes, les plus pures des lettres ; et ce poète frémissant et passionné, ce génie méditerranéen, cet Italien si représentatif des vertus de sa race, appartient aussi un peu à la France, dont il possède la langue mieux que beaucoup de nos écrivains et qu'il a aimée comme un fils. Nous n'avons pas besoin ici d'analyser son œuvre, ni de définir son esprit. Qu'il sache seulement tout le respect admiratif que nous gardons à cet artiste puissant et rare dont les romans, les poèmes et les drames ont une beauté, une noblesse, un style incomparables.

» *La Torche sous le boisseau* est une œuvre qui date déjà d'une vingtaine d'années. Elle appartient, de même que *la Fille de Jorio*, au cycle des Abruzzes. Dans ces montagnes âpres, sauvages, vit une race aux passions violentes et simples, l'amour, le désir, la vengeance, la haine y gardent toute leur force primitive et brutale. La plaine et les villes affaiblissent les sentiments et les instincts ; mais la montagne est le dernier refuge des héros de tragédie... Et la pièce de d'Annunzio est une véritable tragédie. Elle l'est, non seulement parce que les passions des personnages y sont poussées jusqu'à leur paroxysme ; non seulement parce que le destin fait peser sur toute une famille une sorte de sombre fatalité et que le crime y attire le crime ; non seulement parce que la beauté de la forme maintient constamment l'œuvre sur le plan le plus haut. Elle l'est aussi par toutes les correspondances qu'il y a entre elle et la tragédie antique.

» Une sorte de poésie farouche, d'âpre beauté, enveloppe ces quatre actes. On sent tous ces personnages habités par un dieu. C'est le dieu des grands poètes tragiques. Et le nom de d'Annunzio a été acclamé. Il faut associer au succès M. André Doderet, le fidèle traducteur de d'Annunzio. Sa traduction est d'une belle langue, sonore et ferme, et, à travers elle, revit, frémissant, tout le lyrisme verbal du poète. »

M. Nozière déclare, dans *l'Avenir* :

« La Comédie-Française s'est honorée en montant *la Torche sous le boisseau*. Elle nous a permis de fêter le génie dramatique du poète Gabriele d'Annunzio. Nos acclamations allaient ainsi au grand ami de notre pays et qui en possède si magnifiquement le langage. La Maison aurait pu représenter une des pièces qu'il a écrites directement en français. Mais Gabriele d'Annunzio n'est pas trahi par la traduction si pure, si hautaine, si vivante de M. Doderet. »

M. G. de Pawlowski, dans *le Journal* :

« Le tragique de cet ouvrage ne nous est dévoilé progressivement que par phrases sobres, lourdes de sous-entendus, et par fulgurants éclairs de haine et de passion. »

M. Paul Ginisty, dans *le Petit Parisien* :

« Cette tragédie a une grandeur farouche, avec un flamboiement d'images lyriques dont la traduction donne au moins l'impression. Dans chaque réplique, pour ainsi dire, est le poète ayant le don de tout magnifier et prodiguant la magie de son verbe. »

M. Robert Kemp, dans *la Liberté* :

« Si c'étaient des demi-dieux, et non des cultivateurs des environs de Catane, ce serait une tragédie. La différence est dans le ton, et dans la poésie. Les paroles que ces êtres se lancent au visage, leurs paroles ailées qui ont le vol lourd et puissant des grands oiseaux, sont dignes des Atrides ! Elles en ont la force, l'éclat, l'ampleur, et je vous défie d'en sourire. Vous frissonnerez ! Quel rythme, dans ces couplets et ces dialogues ! Quelle belle courbe, quels sursauts, dans le mouvement de chaque scène ! J'ai été ému. Je trouve cela beau... ! »

M. Jean Prudhomme, dans *le Matin* :

« Le célèbre écrivain et grand lyrique italien entre à la Comédie-Française avec un drame noir, féroce, implacable. Il n'est pas une minute d'apaisement au cours de ces quatre actes d'une angoisse comme passionnée, pas un mot d'amour ne s'y entend, pas une touche lumineuse n'y apparaît et, le boisseau renversé, la torche qu'on brandit ne crache que des flammes de haine et de vengeance. Le verbe incandescent de Gabriele d'Annunzio, la richesse de son vocabulaire, la puissance suggestive de ses images sont ponctués de cris, de vociférations, de plaintes, d'imprécations, de gémissements, de râles, à croire la scène ouverte sur un coin de l'enfer. Et l'on sort de ce spectacle, moulu, brisé, vaincu, tout prêt à se croire évadé d'un horrible cauchemar. »

Enfin Mme Gérard d'Houville, dans *le Figaro*, mêle à son hommage quelques autres considérations :

« J'ai là, devant les yeux, le texte de ce drame célèbre, joué dans toute l'Italie depuis vingt ans, et que vient de traduire en vers libres, avec la plus lucide fidélité, M. André Doderet. A la lecture, le rythme du vers libre se rétablit, ondoie en notre esprit, alors qu'il s'efface presque complètement à la scène, et c'est dommage, car il ajoute une grande expression, par son arabesque, au dessin de ces personnages à demi effacés qui passent ainsi que des fresques...

» ...Ce sont là de nobles soirées où, autour d'un grand nom, se resserre l'amitié latine de la France et de l'Italie, et sur lesquelles on a senti planer, bien qu'il ne fût pas venu, l'avion ailé du poète. Dans le souvenir de tous ses frères français, de ses amis fervents, chez lesquels l'absence, la séparation n'ont jamais aboli la présence de d'Annunzio, vibraient la voix inoubliable et l'écho de tant de conversations sans rivales au monde... »

Plusieurs des critiques dont on vient de lire les jugements ont souligné l'heureuse façon dont le traducteur s'est acquitté de sa tâche. M. André Doderet, auteur de plusieurs romans personnels, comme *la Flamme au soleil*, qui a l'Italie pour cadre, ou ce piquant *Voyage aux Iles de la Société*, fut un compagnon de Gabriele d'Annunzio à Fiume et il professe pour lui autant d'amitié respectueuse que d'admiration littéraire. Il a traduit de lui *la Léda sans cygne*, *l'Envoi à la France*, le *Nocturne*, le *Portrait de Loyse Baccaris*, *Phèdre*, et il prépare pour une de nos grandes scènes une traduction de *la Nef*.

*
* *

Comme l'observait avec justesse M. Antoine, une pareille pièce ne pouvait être interprétée du même ton qu'une comédie moderne. Les acteurs de la Comédie-Française lui ont donc conservé son style en n'hésitant pas, quand cela leur a semblé nécessaire, devant la véhémence et le lyrisme. M. Léon Bernard est un Tibaldo d'un puissant relief, M. Denis d'Inès trace une fort curieuse figure du charmeur de serpents, et M. Jean Hervé a l'emportement tumultueux qui convient à Bertrando. Mme Segond-Weber est une admirable et grave aïeule, Mme Ventura, une Gigliola sombre et pathétique. On a beaucoup remarqué la création délicate et sensible que Mme Berthe Bovy a faite du jeune Simonetto, et Mme Mary Marquet, à la beauté éblouissante, a trouvé dans le rôle de la servante-maîtresse une occasion qui lui fut trop souvent mesurée d'attester sa maîtrise de comédienne autant que ses dons plastiques. Des silhouettes secondaires — celles de la vieille nourrice et d'une servante rustique — ont fait apprécier le talent de Mme Emilienne Dux et Mlle Tonia Navar. Un très beau décor de M. Dethomas restitue à l'action son cadre pittoresque et impressionnant.

ROBERT DE BEAUPLAN.

Tibaldo. Gigliola. Annabella. Benedetta.

En haut. — Angizia à Gigliola : « *C'est toi, toujours toi ! Tu ne bouges pas ? Tu ne parles pas ? A quoi penses-tu ?* »
ACTE III, Scène III, page 23.

Au milieu. — Ayant appris de la bouche de sa sœur ce que fut la mort tragique de leur mère, Simonetto défaille dans les bras de Gigliola. — ACTE III, Scène IV, page 26.

En bas. — Gigliola : « *Non. Que personne ne me suive. Adieu !* » — ACTE IV, Scène III, page 30.

Décor de Dethomas. — Photographies Gilbert-René.

Le Directeur : RENÉ BASCHET. Imp. de *L'Illustration*, 13, rue Saint-Georges, Paris (9e). — L'Imprimeur-Gérant : TH. HUCK.

CITRONEIGE

Crème-pâte au jus de citron naturel.
Assure aux mains blancheur et souplesse,
leur conserve toute leur grâce séduisante
et les protège des rigueurs de l'hiver.
Rien ne vaut ce produit idéal pour la

BEAUTÉ DES MAINS

EN VENTE PARTOUT

PARFUMERIE NEIGE DES CÉVENNES

12, rue Calmels, 12 — PARIS

www.ingramcontent.com/pod-product-compliance
Ingram Content Group UK Ltd.
Pitfield, Milton Keynes, MK11 3LW, UK
UKHW022138260726
13993UKWH00005B/2022

9 782329 173894